EL ÚNICO RIESGO

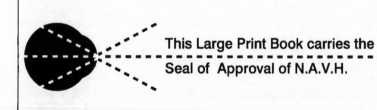

This Large Print Book carries the
Seal of Approval of N.A.V.H.

EL ÚNICO RIESGO

Carrie Alexander

Thorndike Press • Waterville, Maine

Published in 2004 by arrangement with Harlequin Books S.A.
Publicado en 2004 en cooperación con Harlequin Books S.A.

Thorndike Press® Large Print Spanish.
Thorndike Press® La Impresión grande española.

The tree indicium is a trademark of Thorndike Press.
El símbolo del árbol es una marca registrada de Thorndike Press.

The text of this Large Print edition is unabridged.
El texto de ésta edición de La Impresión Grande está inabreviado.

Other aspects of the book may vary from the original edition.
Otros aspectros de éste libro podrían variar de la edición original.

Set in 16 pt. Plantin.
Impreso en 16 pt. Plantin.

Printed in the United States on permanent paper.
Impreso en los Estados Unidos en papel permanente.

ISBN 0-7862-6413-6 (lg. print : hc : alk. paper)

EL ÚNICO RIESGO

Prólogo

«Es la mejor idea que he tenido en mi vida», se dijo Julia intentando convencerse. Se sentó en el borde de la cama con cuidado para no arrugar el edredón y puso las manos en el regazo. «Tengo que dejar de preocuparme. Sentadita y a esperar. Llegará de un momento a otro».

Había metido una botella del champán más caro que pudo comprar, a quince dólares, en la nevera del motel y había colocado un ramo de rosas rojas junto al espejo de la cómoda. Además, se había hecho con todas las velas que había podido y las había puesto por toda la habitación para dar un toque romántico. Incluso había comprado una caja de preservativos y se había puesto la lencería más sensual que tenía, una bata de color melocotón con camisón a juego.

Los minutos pasaban. Julia se retorció los dedos. Cuando sintió mariposas en el estómago, se dijo que eran nervios y no remordimientos.

Todo estaba preparado. Sabía lo que estaba haciendo.

Tener intimidad física completa era el siguiente paso en una progresión lógica.

Había llegado el momento de acostarse con Zack Brody.

Capítulo Uno

Diez años después

A Adam Brody nunca le habían gustado las bodas. Tanta gente y tanta comida, ese olor a flores, perfumes y aftershaves. Aquello no le iba. Lo último fue que la dama de honor se le acercó y le dijo «quiero desafiar a la muerte».

La boda había ido bien hasta entonces. Adam no tenía queja. Había pasado por cosas mucho peores, como tres meses en un hospital por una lesión de espalda. Había conseguido pasar desapercibido.

Hasta que Julia Knox dijo aquello.

Adam estuvo a punto de tragarse el palillo de la guinda con queso que se estaba tomando. La orquesta estaba tocando *Sunrise, sunset*, lo que quería decir que estaba a un paso de irse.

Pero tenía que quitarse de en medio a Julia. De todas las cosas que había imaginado que diría cuando se volvieran a ver «quiero desafiar a la muerte», no se le había ocurrido.

—¿Perdón?

—Quiero desafiar a la muerte —repitió mirándolo con sus ojos color almendra. Julia solía hablar siempre en serio—. Dime cómo se hace —añadió.

Estaba claro que las bodas no le sentaban bien a las mujeres. Adam lo sabía por experiencia y había decidido no tener contacto con ellas en acontecimientos similares. Claro que siendo Zack, su hermano mayor, el novio y él el padrino era más difícil.

Las bodas volvían locas a las mujeres.

Sin embargo, Julia Knox no parecía de ese tipo.

Tal vez, hubiera cambiado desde que él se había ido de Quimby, la pequeña población del medioeste donde había nacido. Julia, tranquila y razonable... Parecía la menos indicada para cambiar tanto, pero todo era posible.

A pesar de su decisión por no involucrarse en todo aquello, había conseguido picarle la curiosidad.

—A lo mejor, no es el momento de hablar de ello —dijo ella—, pero es ahora o nunca. Para ser el hermano del novio, te las has arreglado muy bien para no relacionarte con nadie.

Él se encogió de hombros y no dijo nada. Julia debería saber por qué.

—Supongo que será porque todos los de

Quimby te miran escrupulosamente siempre que te ven.

—No creo que sea mi cara precisamente lo que les interesa.

Sin prestar atención a las miradas ni a los comentarios, Julia lo miró de arriba abajo fijándose en su impecable esmoquin, desde el nudo de la corbata hasta los zapatos. Se paró a observar sus delicadas piernas. La mayor parte de los invitados había hecho lo mismo, cuando había avanzado por el pasillo con Julia del brazo. Debían de estar temiendo que se cayera.

Julia, sin embargo, se preocupaba de verdad y con cariño. Aun así, Adam no pudo evitar sonrojarse. No le gustaba que la gente lo mirara y hablara de él. Quería irse cuanto antes, pero no podía hacerlo, no en la boda de su hermano, al que le debía la vida.

Involuntariamente, comenzó a cambiar el peso de un pie a otro cuando le empezó a doler la zona lumbar y la cadera izquierda. «Es la tensión», pensó. Estaba sudando de pies a cabeza. «Tranquilo, es Julia».

Ella lo volvió a mirar. No le había dicho «estás estupendo», no lo había tratado con compasión. «Gracias a Dios».

—Aunque no lo parezca, tengo una vida aburrida. Necesito un poco de emoción —dijo Julia moviendo la mano. Adam se fijó en la pulsera de perlas que llevaba y en sus delicados huesos y, sin saber por qué, comenzó a sentir mariposas en el estómago—. Necesito un poco de peligro y tú eres el hombre indicado. Quiero ser intrépida, Adam.

«Oh, no».

Ella no.

—Ve a tomarte un trozo de tarta, Rubia. Puede que el azúcar te haga recobrar la cordura —le dijo como si no le importara lo más mínimo el dolor que había visto en su cara.

Ella lo agarró de la manga.

—Como en los viejos tiempos, ¿eh? Me das en el hombro y te vas corriendo. Sé cuándo me están diciendo que me vaya, Adam Brody. —No estoy muy convencido.

—Ya nadie me llama Rubia.

—Será porque eres una mujer hecha y derecha.

—Simpre lo he sido, ¿no?

«No», pensó Adam recordando con total claridad aquel día en el que ambos se habían comportado como auténticos intrépidos y del que nunca habían vuelto a hablar. Para Adam, Julia Knox era la novia de su hermano y punto. Se acabó.

—Zack se ha casado —dijo ella leyéndole el pensamiento—. Es oficial.

—Eso no cambia lo nuestro... —contestó

Adam. Se interrumpió. ¿O tal vez, sí? ¿Ul. vez casado uno de los hermanos, ese acuerdo tácito que existe entre todos los hermanos del mundo de no compartir chica quedaba derogado? Por un momento, se sintió aliviado. Pensó en Lauren Barnard y en la horrible pelea que habían tenido y volvió a sentirse culpable.

—Hace años que Zack y yo lo dejamos —insistió Julia—. Me parece que podemos ser... amigos —dijo bajando la mirada. Adam se fijó en su escote.

—Claro —contestó queriendo irse de allí. No estaba dispuesto a tener nada con ella. Demasiado peligro—. Sin problema. Siempre hemos sido amigos, ¿no? —añadió acariciándole el brazo. Otra vez las mariposas en el estómago. No eran amigos y nunca lo podrían ser.

Porque tenían un secreto. Un secreto tan grande y vergonzoso que no podían hablar de él, pero siempre estaría allí, entre ellos.

—Entonces, no hay motivo para que no me enseñes a tirarme en paracaídas —dijo ella dándose cuenta de que Adam se quería ir.

—¿Cómo? No lo dirás en serio.

—Pues claro que sí. Es lo más arriesgado que se me ocurre.

—Estás loca —le dijo preguntándose si la boda no la habría afectado más de lo normal.

Sin embargo, parecía hablar con normalidad de que Zack se hubiera casado y, para colmo, había sido dama de honor.

¿Julia Knox tirándose en paracaídas? ¿La convencional Julia, la guapa y apreciada estudiante a la que llamaban Rubia por Fort Knox, aquella niña tan perfecta? Zack Brody y Julia Knox habían sido novios en el instituto. Eran la pareja perfecta, a imagen y semejanza de Barbie y Ken. Él, capitán del equipo de baloncesto; ella, capitana de las animadoras; él, delegado de clase; ella, presidenta del club de los mejores alumnos; él, rey de la fiesta de graduación y ella, por supuesto, su reina. La pareja perfecta.

Unos cuantos años y algún trauma, tal vez la boda de Zack con Cathy Timmerman, no podían cambiar aquello. Julia Knox no necesitaba emociones fuertes en su vida. Era y siempre había sido una mujer de veinticuatro quilates.

—¿Has estado viendo *Thelma y Louise* o qué?

—No te burles de mí, Adam.

Él sonrió ante su cabezonería.

—Perdona, pero es que eres la última persona... En fin que, de todas las personas que conozco, eres la mujer con los pies más firmemente anclados a la tierra.

—Precisamente por eso.

—No me pidas que te ayude en esta locura. Vete a una escuela de paracaidismo, pero no me lo pidas a mí.

Julia hizo el amago de agarrarle las manos, pero él fue más rápido y las retiró. Quería salir de allí, respirar aire limpio.

Adam —dijo Julia. Él dejó de mirar a su alrededor en busca de una ruta de escape—.

Tengo miedo —confesó—. Por eso te lo pido a ti. Quiero alguien que me inspire confianza, no un monitor que no conozca de nada.

—Mi título no vale en este estado.

—Oh —dijo ella arrugando el ceño—. Bueno, pues entonces, escalada.

Eso sí podría hacerlo. Podría llevarla a una de las paredes que él había subido y bajado de niño y decirle que era de lo más peligroso. Así, ella se quedaría a gusto. Eso sí podría hacerlo. Tal vez.

Lo embargó la duda. Odiaba que le pasara aquello. Antes del accidente, nunca dudaba. Había hecho senderismo, había montado en bici, había hecho descenso de ríos y se había tirado en paracaídas sin pensárselo. Habían pasado ya dieciocho meses y ya podía andar, pero no era suficiente. Se suponía que debería dar gracias, pero se sentía inútil y no sabía qué iba a ser de él.

Julia parpadeó confusa por sus dudas.

—Oh, Adam. Lo siento... Zack me dijo que estabas muy bien... —dijo mirándole las piernas.

—No pasa nada —contestó duramente. De repente, le faltó el aire y se desabrochó la corbata. Julia no tenía por qué saber lo débil que había estado, lo mucho que le había costado recobrar la mitad de las aptitudes físicas que tenía antes del accidente, que tuvo al tomar una curva demasiado deprisa y estrellarse contra una furgoneta. Tras dar varias vueltas de campana, se había empotrado contra un camión que llevaba material al Club de Rafting. Muy irónico.

—Eres tú la que me preocupa. Nunca te ha gustado arriesgarte. ¿Qué te pasa?

Julia lo miró con los dientes apretados. Adam tuvo que controlarse para no sonreír. Estaba encantadora.

—¿No me crees capaz? Estoy en forma, ¿sabes? Entreno —añadió sacando bola para mostrarle el bíceps—. Estoy física y emocionalmente preparada.

—¿Para desafiar a la muerte?

—Eh, bueno, tal vez, me he pasado diciendo eso.

Había sido para conseguir que Adam le prestara atención y lo había conseguido.

—¿Y lo quieres hacer porque te aburres?

—Y tú, ¿por qué lo haces?

—Ya ni me acuerdo —contestó. Más bien, no lo quería recordar. Si recordara, querría hacerlo y, entonces, lo intentaría. Había aprendido que, en ciertas ocasiones, intentarlo dolía demasiado, algo que nunca podría superar.

—Yo, sí —dijo Julia con dulzura—. Siempre has sido un intrépido. Desde que tenías diez años y Chuck Cheswick te desafió a subir la torre de agua. A Zack lo matabas a sustos. Se pasaba el día vigilándote.

—Y cuidándome.

—Sí, y cuidándote —dijo Julia. Era obvio que los dos estaban pensando en lo que había ocurrido hacía un año y medio aproximadamente. Zack y él se habían peleado brutalmente por culpa de Laurel Barnard, la mujer de la que Adam se había enamorado y que había conseguido meter cizaña entre los dos hermanos. Tras una acalorada discusión, Adam se había ido y le había dejado paso libre a ella para conseguir lo que siempre había buscado… que el rompecorazones de Quimby la pidiera en matrimonio. Poco después, el accidente de coche de Adam, que se produjo la víspera del enlace, daba al traste con sus planes de boda.

Adam le debía mucho a su hermano. Primero, haberlo librado de Laurel y, segundo, haberlo ayudado cuando los médicos dijeron

17

que no volvería a caminar. Zack había pasado un año apartado de su vida, dedicado en cuerpo y alma a su hermano. Lo animó y lo cuidó hasta que volvió a andar. Ser el padrino en su boda de verdad era lo mínimo que podía hacer, a pesar de las miradas y los comentarios.

—Eh, Adam —dijo Fred Spangler haciendo señas—. Vente para acá. Tenemos que planear qué le vamos a hacer al coche de los recién casados.

—Lo siento. El deber me llama —dijo Adam.

—Pero, ¿qué hay de...?

—Me alegro de haberte visto —contestó Adam.

Julia, que normalmente mantenía las distancias, lo abrazó con fuerza haciéndolo sentir una descarga eléctrica.

—Yo también me alegro mucho de que nos hayamos vuelto a ver —murmuró ella—. Estás...

«Estupendo, realmente estupendo», pensó Adam apretando los dientes.

—Estás muy civilizado —concluyó.

¿Civilizado?

—¿Y eso a qué viene? —dijo Adam.

Fred Spangler lo agarró del brazo y tiró de él mientras Julia lo miraba sonriente y enigmática.

Mientras la orquesta interpretaba una melodía irlandesa, Julia volvió a su mesa, donde le esperaba un trozo de tarta. El resto de los comensales estaba hablando y bailando, así que suspiró y apoyó los codos en la mesa.

Miró la tarta un buen rato antes de hincarle el diente desconsolada. Necesitaba cambios, diversión.

Necesitaba a Adam Brody.

Cuanto antes, mejor.

Desde que Cathy le había dicho que había accedido a ser el padrino de Zack y que iba a volver a Quimby, se había sentido cargada de energía. Era la última oportunidad para tomar el camino correcto. Estaba segura.

O conseguía que Adam la viera de otra manera o se tendría que dar por vencida para siempre. No era cuestión de pasarse toda la vida detrás de él. Resultaría patético.

Había estado años manteniendo sus sentimientos por él en secreto, pero algunas amigas lo debían de sospechar. Cathy lo sabía, así que seguramente Zack, también. Zack, que era tan guapo como noble, no había dicho nada al respecto y Julia estaba segura de que si, algún día, llegaba el momento, les daría su bendición.

¿Algún día?

¿O nunca?

Julia se estremeció. Si tenía que ser nunca, podría asumirlo.

Al fin y al cabo, había cosas peores.

Como tirarse en paracaídas.

¿En qué estaba pensando? Adam tenía razón. No era el tipo de persona que hacía saltos en paracaídas. Tampoco era su tipo de mujer.

En ese momento, llegó Allie Spangler y se sentó a su lado.

—¿No te la vas a comer? —dijo mirando a su alrededor en busca de Fred. Su marido y ella llevaban varios meses a régimen, pero la pelirroja hacía trampas siempre que podía.

—Toda tuya.

—Adam está estupendo —comentó Allie—. Esperaba verlo reducido a nada, pero apenas cojea —añadió mirando al grupo en el que se encontraba el aludido.

—Ya —dijo Julia sin necesidad de mirar. Tenía su pelo oscuro, su cuerpo delgado y fibroso y su maravillosa cara grabadas a fuego en la cabeza. Le dolía mirarlo y ver el sufrimiento marcado en su rostro, pero, cuando sonreía, le recordaba al niño travieso que había sido y el estupendo deportista en el que se había convertido. Seguía siendo el joven inquieto del que se había enamorado hacía más de diez años.

—Venga, vamos, no pongas esa cara de pena.

Julia miró a Allie con curiosidad.

—El hecho de que Rompecorazones ya no esté en el mercado...

—Oh, sí, claro, Rompecorazones —sonrió Julia. Zack «Rompecorazones» Brody había sido el hombre más deseado de Quimby. Algunas de sus ex novias habían formado la asociación de Corazones rotos, hermanas en la tristeza. Julia había sido, junto con Allie, una de las fundadoras aunque sus sentimientos por Zack no eran tan fuertes como las demás creían.

—Eso no me importa —dijo.

Claro.

—Zack y Cathy están muy bien juntos. Me alegro mucho por ellos.

—Sí, sí, como todas nosotras —sonrió su amiga—. Hemos quedado luego para lamentarlo, digo, celebrarlo.

Julia puso una excusa. No le apetecía oír por enésima vez el gran amor que Allie, Gwen y las gemelas Thompson sentían por Zack.

Había que pasar a la acción. Ella había decidido no quedarse sentadita esperando a que Adam fuera a ella. Estaba harta de ser la niña buena, aburrida y bien educada.

—Hace bueno para ser octubre, así que

vamos a hacer una fogata en la playa, como en los viejos tiempos —se rió Allie—. Los chicos, también vienen. Con alcohol, seguro. Creen que, si os emborrachan, a lo mejor, caéis.

—Eh, ¿y quién va?

—Fred y yo. Gwen, Karen y Kelly, Faith no lo sé y todos los del equipo de baloncesto.

—¿Y Adam?

—Fue idea suya. Ya sabes cómo es.

Nunca dentro si se puede estar fuera. Siempre el primero en moverse, en proponer, en hacer.

Él era un cometa y ella, solo Julia Knox, con los pies en la tierra. Si iba por él, podía salir seriamente dañada. ¿Se quería arriesgar?

«Tengo que hacerlo. Es mi última oportunidad».

—Muy bien —contestó por fin—, pero primero iré a casa a cambiarme. A ver si ahora que Zack se ha casado, las cosas vuelven a la normalidad.

—Siempre nos quedará Adam aunque no es lo mismo porque no tiene trabajo fijo, ni casa ni ahorros.

«Yo tengo todo eso, pero parece no ser suficiente», pensó Julia.

—Y, encima, lo de las piernas. No, no es un buen candidato.

Julia no estaba de acuerdo. Aunque Adam no era tan perfecto como su hermano porque era verdad que cometía errores, de hecho ella había sido uno de ellos, era valiente y orgulloso. Aunque tenían la misma edad y se habían criado en la misma clase, en algunos aspectos seguía siendo un misterio para ella. Era disciplinado y arriesgado a la vez. Siempre le había parecido fascinante, el tipo de hombre que conseguiría que fuera más de lo que se esperaba de ella.

Eso era lo que necesitaba y lo necesitaba ya.

—Tú conoces a Adam mejor que yo —dijo aunque no era cierto del todo. Allie era vecina de los Brody y había sido muy amiga, solo amiga, de los dos.

—Sí, pero nunca habría salido con él —contestó Allie mirando a los hombres, que estaban saliendo disimuladamente del salón.

—Yo tampoco salí nunca con Adam —dijo Julia mirándolo.

—No, tú siempre con Zack.

En el último momento, Adam la miró y Julia se sonrojó. Llevaba años escondiendo su amor por él, pero se le había notado. Tragó saliva.

—Tal vez, fuéramos demasiado perfectos el uno para el otro —declaró viéndolo salir.

—¿Por qué dices eso?

—Ya sabes, la pasión no dura toda la vida

—contestó. Con Adam era diferente.

Zack había sido su primer amor. Aquello había sido el verano que ella tenía dieciséis años. No se había fijado en Adam porque, entonces, era un niño que estaba todo el día en el bosque y escalando toda pared vertical que encontraba. Zack era un poco mayor, trabajaba de socorrista en la playa del lago y todo el mundo había dicho que hacían una parejita deliciosa. Ellos mismos no tardaron mucho en creerlo también y, como hacían lo que los demás esperaban de ellos, habían estado juntos demasiado tiempo.

—¿Pasión? Venga, pero si os comíais con la mirada. Eras la envidia de todas las chicas.

—Eso fue hace muchos años. Luego lo dejamos, ¿recuerdas?

—¿Y es coincidencia que no hayas vuelto a salir con nadie en serio desde entonces?

—He salido con varios.

—Sí, todos serios, con maletín y móvil.

—Como yo —contestó Julia. Tras varios años trabajando para una de las multinacionales más importantes del sector inmobiliario, había vuelto a Quimby y había abierto su agencia, que iba muy bien.

Cathy se acercó a ellas y le pidió a Allie que reuniera a las chicas porque había llegado el, momento de lanzar el ramo de novia.

—¿Estás bien? —le preguntó en cuanto se

quedaron a solas—. Ha sido muy fuerte volver a ver a Adam, ¿verdad?

«Si tú supieras», pensó Julia.

Cathy se había dado cuenta de sus sentimientos por Adam hacía unos meses y Julia le había confesado que, en realidad, no tenía el corazón roto por Zack, pero no le había contado todo.

—Sí. Me he puesto nerviosa, pero sigue siendo el mismo.

Cathy se rió.

—¿Y eso es bueno o malo? Porque no lo conozco mucho...

—Las dos cosas —contestó. Bueno para un cambió, pero malo porque alteraba su equilibrio natural—. Adam siempre ha sido...

—Imposible de sujetar —dijo Cathy—. Sí, lo sé. A mí me cae bien. Después de todo lo que me habían contado, me esperaba un tipo engreído y duró y no es así para nada. Es callado, inteligente y con sentido del humor. Cuando pienso en todo lo que ha pasado...

—Con dieciocho años, sí era así. Su familia no ganaba para disgustos. Y eso que nunca se enteraron de muchas de sus aventuras —añadió pensando con tristeza en la duda y la preocupación que había visto en sus ojos y que lo hacían aparentar más de los veintiocho años que tenía—. Me parece que ha cambiado tras el accidente.

—Tal vez, tengas oportunidad de comprobarlo —sugirió Cathy.

—Tal vez.

—A ver si lo puedes convencer para que se quede en Quimby.

Julia iba a decir que nunca le había hecho caso cuando le había sugerido algo, pero, en ese momento, llegaron Allie y las demás y se vio arrastrada por el grupo hasta el aparcamiento del restaurante.

Al jaguar negro de Zack le habían puesto latas, lazos y el cartel de recién casados. Julia vio a Adam sonriendo encantado. El sol del atardecer hacía que sus ojos verdes parecieran dos linternas.

«Diez años», pensó Julia. «Ya está bien».

Tras despedirse de sus padres, Zack y Cathy salieron hacia el coche bajo una lluvia de pétalos de flores. Al llegar al Jaguar, ella se volvió y tiró el ramo al aire.

Julia estiró los brazos instintivamente, pero se apresuró a quitarlos. Gwendolyn Case, miembro del club de los corazones rotos aunque había estado casada dos veces, dio un salto impresionante y lo cazó al vuelo. El padre de Cathy la ayudó a levantarse y la abrazó.

Todo el mundo aplaudió y Julia vio que Adam la estaba mirando. «No quiero el ramo de novia. Soy tan libre y desafiante como tú», pensó sonriéndole.

Capítulo Dos

Claro que sí. Había cumplido dieciocho años y era mayor de edad, así que no pasaba nada por hacer el amor con Zack. De hecho, era lo normal. Nadie se habría creído que no lo hubieran hecho antes llevando saliendo dos años. Julia no sabía por qué, pero lo cierto era que ella siempre se echaba atrás en el último momento. Perder la virginidad era algo muy importante y ella se pensaba mucho las cosas. Tal vez, demasiado.

«Ahora o nunca», pensó. Dio un respingo cuando llamaron a la puerta. Qué tontería. Había reflexionado mucho antes de decidir que Zack era la persona adecuada. No había razón para arrepentirse.

Todo iba a salir bien. Julia puso la mano en el pomo de la puerta. Zack era el mejor candidato. Sería cuidadoso.

—¡Julia! —gritaron.
—¡Qué bien que has venido! ¡Únete a la fiesta!
—¡Estupendo, otra dama de honor!
Adam no dijo nada. Se limitó a echar otro

leño al fuego y a intentar no mirar a la recién llegada. Llevaba unos pantalones negros, con botines y un jersey grande. Llevaba el pelo suelto y, cuando aceptó una cerveza de manos de Fred, el resplandor del fuego cinceló su perfil delicado como la porcelana. Siempre había sido... atractiva, esbelta, primorosa y pura. Incluso después de que él la hubiera estropeado con sus manos.

Adam se quedó mirando crepitar el fuego. La mayoría estaban sentados en tumbonas. Julia los rodeó hasta llegar a él.

—Siéntate —le indicó él viéndola con el rabillo del ojo, pero sin dejar de mirar la hoguera.

—Hola —dijo sentándose en el tronco en el que él había estado sentado hasta entonces. Había sido en aquella playa, si no recordaba mal.

—Hola.

—Hay sitio para los dos.

Adam obedeció.

—¿Quieres una cerveza?

—Tengo una, gracias —contestó.

La tensión parecía insoportable. ¿Qué había sido de su decisión de tratarla como a una más de las admiradoras de su hermano? Había funcionado durante años. Años en los que solo habían hablado de cosas banales, años en los que no la había tocado.

¿La boda de Zack había roto las barreras?

No. No se sentiría tan débil y tan lento si fuera así.

Se aseguró a sí mismo que, si seguía proponiéndoselo, podría ignorar la energía que sentía correr por sus venas.

—Zack debería estar aquí —dijo Julia en voz baja.

—Yo también lo echo de menos.

—Siempre ha sido el líder del grupo —dijo mirando a sus amigos, que hablaban y se reían—. Aunque nos casemos o nos vayamos fuera, aunque tengamos que trabajar y seamos padres, siempre estaremos en contacto. Eso es lo bonito de las ciudades pequeñas.

—¿Por eso preferiste vivir en Quimby?

Julia lo miró y desvió la mirada rápidamente.

—Sí, en parte.

No insistió. Nunca lo hacía con Julia. Seguro que no le gustarían las respuestas.

«Debo tenerla lejos», pensó. A una distancia de seguridad. La sentía sentada junto a él, con las mejillas sonrosadas y su cola de caballo. Nunca había dejado de querer tocarle el pelo, la cara, el cuello, los pechos.

—Me sorprendió que Zack volviera después de todos los problemas con Laurel y la boda que nunca se celebró —dijo. Sí, su hermano era un buen tema de conversación.

—Bueno, Zack es de aquí.

—No como yo.

—¿Por qué dices eso? —dijo Julia acercándose, mirándolo y poniéndole una mano en la rodilla—. Tú eres tan de aquí como cualquiera de nosotros.

—No soy Zack.

—¿Y?

Adam se encogió de hombros. De repente, se había sonado idiota a sí mismo.

—Quiero decir que… Zack es más importante. El líder, como tú has dicho. Nadie me echaría de menos a mí si nunca volviera.

Julia le quitó la mano de la rodilla.

—Supongo que no.

«Oh».

Dio un largo trago a la cerveza a pesar de que no le gustaba demasiado. Se limpió con la manga y le sonrió sin decir nada más.

Adam lo entendió. Uno. no te hagas la víctima; dos: no busques que te suba el ego la mujer que sí te echaría de menos. Aunque no quisiera reconocerlo, Julia estaba tan pendiente de él como él de ella. Es decir, mucho. Cada vez que volvía a Quimby, Adam se fijaba en ella, siempre que la veía grababa en su memoria sus palabras, sus gestos, su sonrisa. Con los ojos cerrados, podría identificarla por su olor. Limpio y fresco con un toque de lavanda.

«Será mejor que mantenga las distancias», pensó a pesar de que lo estaba consumiendo el deseo.

Siempre la misma atracción... y la misma conclusión.

Supongo que te irás pronto —dijo Julia.

Llevaba mucho tiempo en Idaho, demasiado por culpa del accidente. Le encantaban las montañas y los ríos de aquel lugar, pero no podía tocarlos de momento. Además, durante el último año había tenido mucho tiempo para pensar y se había dado cuenta de que echaba de menos las colinas y las llanuras de Quimby.

Claro que eso solo era porque lo otro estaba fuera de su alcance.

Así debía ser.

—No tengo otro lugar al que ir —confesó,

—Venga, hombre. Adam Brody siempre tiene algún sitio donde ir.

—No tengo trabajo —contestó. Durante años había hecho de todo, desde guía de montaña hasta obrero pasando por instructor de paracaidismo, pero siempre trabajos físicos, que ya no podía desempeñar— y la baja por enfermedad se me ha acabado —añadió pensando que no quería volver a tener otra en su vida—. Así que todo lo que tengo está en el maletero de mi jeep.

—Un saco de dormir, una tienda, una bicicleta de montaña y una piragua —dijo Julia—. Un par de botas de montaña y suficiente material de escalada como para subir el Everest.

—Más o menos —contestó pensando que había dos cosas que faltaban. El bastón que Zack le había regalado cada vez que él lo rompía enfadado y una foto vieja que siempre llevaba en el bolsillo. El bastón estaba debajo del asiento por si lo necesitaba y la foto era de Julia en su dieciocho cumpleaños.

—Entonces, te puedes quedar un tiempo —dijo ella. ¿Había detectado esperanza en su voz o se lo había imaginado?, se preguntó Adam.

—Había pensado quedarme unos días.

—¿Suficiente para enseñarme a escalar?

Adam sonrió.

—Esperaba que te hubieras olvidado.

—No, de eso nada. Te he anotado en mi agenda, entre un curso de impuestos inmobiliarios y la compra de los Holliwell.

Adam pensó que estaba de broma.

Gwendolyn Case se acercó y les pasó unas salchichas. Adam tomó dos y las colocó en el fuego.

—Estás estupendo, Adam —dijo Gwen.

—Tú, también, Gwen —contestó él.

Gwen había estado escaneando los alrededores de la fogata en busca de solteros y Adam le debía de haber parecido la mejor opción. Para él, Gwen siempre sería la pesada canguro que lo había bajado de un árbol y se había sentado encima de él para que no se volviera a subir.

—Me parece que Chuck tiene hambre —advirtió Julia.

Gwen se giró sorprendida al ver que Chuck, grande como un oso, se había terminado el tercer perrito.

—Tramposa.

—Una mujer con un ramo de novia en la mano es la criatura más peligrosa que existe. Unos segundos más y te habría colocado el primero en su lista de solteros de oro —contestó Julia poniéndose un mechón de pelo detrás de la oreja—. Me debes una.

—Sé cuidarme solito —dijo él. Se sintió incomodo porque aquello ya no era cierto.

—Admite que mi táctica para que se fuera ha sido buena —bromeó Julia. Sin embargo, Adam sabía que ella se daba cuenta de cómo estaba. Desde el accidente, no estaba seguro de sí mismo. No se gustaba a sí mismo.

Había llegado a odiar a Zack. Lo veía simpático, con buena cara, buena suerte y dos buenas piernas.

—Déjame en paz—le había dicho en más

33

de una ocasión. No quería que nadie, ni siquiera su hermano, lo viera así.

Zack se negaba.

—Ahora no puedes salir corriendo, hermanito, y me voy a aprovechar todo lo que pueda —le decía. Y se había quedado con él, sin la más mínima queja.

—Puedo yo solo —le había dicho cuando se había visto por primera vez en las barras del hospital intentando volver a andar.

—Ya lo sé —había contestado Zack—. Solo he venido a pasármelo bien. Esto es más divertido qué aquella vez que se te ocurrió imitar con la moto a Evel Knievel.

Adam lo había insultado y lo había seguido por toda la habitación hasta la puerta. Entonces, Zack había aplaudido. Sabía cómo tratar exactamente a su hermano. Sabía qué había que desafiarlo porque Adam nunca decía que no a un reto.

—Sí, sí —le dijo a Julia—. Té agradezco que me la hayas quitado de encima, pero no esperes una recompensa.

—Se te están quemando los perritos.

Adam se apresuró a sacarlos y a soplarlos.

—No te voy a enseñar a escalar.

—¿Cómo que no? —dijo ella poniendo las salchichas en el pan—. ¿Ketchup y mostaza?

—¿Por qué lo iba a hacer?

—Porque sí —contestó ella poniendo ketchup. Se chupó el dedo y lo miró—. Porque tengo algo que necesitas —añadió con voz dulce y seductora. Adam sintió que se le disparaba el corazón.

«La vida es corta. Disfrútala mientras puedas», pensó.

Se tomaron los perritos calientes y hablaron un momento de Zack y de Cathy. Luego, se unieron a la conversación de los demás y Adam se empezó a sentir a gusto. Alguien llevó una guitarra y se pusieron a cantar. Así pasaron un buen rato. Cada vez que sus miradas se encontraban, Adam veía cariño en los ojos de Julia. Tuvo que controlarse para no pasarle el brazo por los hombros.

Al final, todos aplaudieron y comenzaron a recoger. Julia se levantó y le tendió la mano.

—Ven conmigo. Te quiero enseñar una cosa. Si eres bueno, te dejaré que te la quedes incluso.

Adam insistió en que fueran en su coche. Julia habría preferido ir en el suyo, pero, como siempre, él se tenía que salir con la suya.

—Pagaría por saber lo que estás pensando —dijo él siguiendo sus indicaciones hacia el lago.

—Estaba pensando en que no sé si debería traerte aquí. A tu madre no le gustaría. Ella quiere que te quedes en casa.

—Nunca estoy en casa.

—Es cierto —contestó Julia pensando que Adam no se iba a quedar en Quimby pasara lo que pasara—. Me han dicho que tu casa está llena de familiares.

—No me lo recuerdes —dijo él dando una curva—. ¿Qué ha pasado aquí? —añadió viendo una gran extensión de terreno sin árboles.

—Van a construir una urbanización, Evergreen Point.

—Dios mío, yo solía venir a acampar a este bosque —dijo él devastado.

—Creí que necesitarías un lugar para ti lejos de la atestada casa de tus padres.

—¿Me vas a vender una casa?

—¡No! Resulta que tengo las llaves del chalé piloto —contestó Julia. Aquello empezó a parecerle una idea terrible. Seguro que Adam prefería dormir con la tienda de campaña en el aparcamiento del supermercado—. Si la quieres utilizar, no sé, para evadirte...

Julia se interrumpió y tomó aire. ¿Qué le estaba sucediendo? Todo el mundo decía que nunca se alteraba.

Adam frenó y la miró.

—¿Qué me estás diciendo?

—Te estoy diciendo que, si quieres, puedes

quedarte en el chalé piloto. Por las noches. Durante el día, tendrás que desaparecer porque tengo que enseñarla constantemente.

—Tramposa —dijo él—. Esta no es la Rubia que yo recordaba. La de antes nunca se saltaba las normas.

—Tal vez, no me conozcas todo lo bien que crees.

—Puede que no. Paracaídas, escalada, ahora esto. ¿Y luego?

—Yo te doy un lugar donde dormir y tú me das clases de escalada —contestó ella desabrochándose el cinturón—. ¿Te interesa? ¿Quieres que la veamos?

—¿Por qué no?

Puede que te guste y todo.

Adam la siguió entre la urbanización a medio construir. Parecía una ciudad fantasma en mitad del más absoluto silencio.

El lago brillaba bajo la luz de la luna. Aunque se hubiera equivocado con la casa, Julia estaba segura de que la soledad del lugar sí le gustaría.

El chalé piloto estaba amueblado y decorado. Además, era grande, algo muy importante porque Adam no podía vivir en espacios reducidos.

Julia sacó las llaves del bolso y entraron.

—Construcción sólida —dijo—. Buen diseño. Han sido construidas en serie, pero los constructores contrataron a Zack para que modificara los planos e hiciera que cada una de ellas fuera única.

—No hace falta que me la vendas —contestó él mirando a su alrededor.

—Lo siento. Deformación profesional —dijo Julia viéndolo claro. Aquello no era para Adam—. Te horroriza, ¿verdad?

—Parece sacada de una revista de decoración. Me daría miedo estropearla.

—Ja. Te conozco. Lo tendrías todo perfecto. A pesar de ser un temerario, era un hombre muy organizado y limpio. Había sido el último en irse de la fogata porque se había quedado asegurándose de que estuviera bien apagada y no quedaran desperdicios. A Julia siempre le había parecido una criatura de los bosques... silencioso y rápido, que no dejaba ninguna señal de su paso.

«Excepto en mí», pensó.

—No te tiene que gustar. Es solo un sitio donde dormir.

—Gracias, pero me da escalofríos —contestó yendo hacia la puerta.

—Ni siquiera has subido. Arriba hay una cúpula desde la que se ve el lago.

Adam se paró y miró hacia el tejado.

—Bueno, pues duerme en casa de tus padres. ¿Con quién compartes cuarto?

—Con mi primo Jack, el que tiene asma y

duerme con una maleta entera de medicamentos y con ese vaporizador que hace ruido durante toda la noche.

Julia le entregó las llaves sin decir nada.

Adam las tomó.

Julia sintió ganas de agarrarle la mano y besársela. Tenía dedos largos y bonitos, de artista. Eran manos callosas, pero manos que sabían cómo dar placer. Eso lo recordaba muy bien. No era el momento, sin embargo, de ponerse a pensar en aquello. Controló sus emociones, como estaba acostumbrada a hacer, y decidió no insistir. Ya había hecho suficiente por una noche. No era cuestión de que Adam se diera cuenta de sus sentimientos cuando él, probablemente, se habría olvidado de ella hacía años.

«De eso nada», le contestó una vocecilla en su cabeza.

Adam se guardó las llaves y salieron.

—Esa me va más, Rubia —dijo señalando una casa a medio acabar.

—No, no vayas. Es peligroso —contestó Julia arrepintiéndose al segundo. Peligroso era su segundo nombre.

—Ten cuidado.

—Quédate abajo.

—No, voy contigo —contestó sin mirar abajo. Se había pasado la vida mirando abajo para no caerse porque se suponía que las reinas de la fiesta de la graduación no se caían de bruces. Ya estaba bien. Quería salir de la caja y vivir de verdad.

Al llegar al segundo piso, Julia se dio cuenta de que Adam iba a subir a la cúpula, que estaba sin terminar. No había cristal, ni escaleras, nada.

—Imagínate la vista.

—Ya hay una buena vista desde aquí —contestó ella.

—Sí, pero no se ve por encima de los árboles —dijo Adam.

Julia alargó la mano para agarrarlo del cinturón, pero no llevaba. Todavía vestía el esmoquin, se había abierto el cuello y enrollado las mangas. James Bond en una misión, sexy como el que más.

—¿Para qué? —preguntó ahogando un grito al ver a Adam subirse al marco de la ventana de lo que sería la habitación principal. Para ser un hombre inseguro de sus aptitudes físicas, estaba de lo más ágil.

Adam la miró y Julia vio que ya no parecía preocupado.

—Ya sabes lo que dicen del Everest —sonrió como un crío y desapareció.

Julia corrió hacia la ventana a tiempo de ver sus piernas desaparecer por encima de la estructura de vigas. No había manera de seguirlo.

Se quedó mirando el techo, escuchando. De repente, él asomó la cabeza por el hueco.

—Estoy aquí.

Julia se colocó debajo y se limpió el polvo.

—No es la primera vez que lo haces, ¿verdad?

—¿Te acuerdas del granero abandonado de la carretera antigua? Solía pasar por una cuerda hasta lo más alto del tejado para llegar a la cúpula.

—Madre mía, espero que la vista mereciera la pena —dijo ella. A pesar de que estaba boca abajo, vio que era el Adam Brody que ella recordaba. Entendió por qué le gustaba conquistar lo inalcanzable y se alegró de haberlo llevado allí.

—¿Quieres subir? —le preguntó alargando el brazo.

—Es imposible —contestó ella.

—Dices que quieres escalar, ¿no? Atrévete. Julia miró a su alrededor y vio unos sacos. Vamos allá. A hacer el payaso —murmuró para sí misma tomando uno de los sacos. Ya bajo —anunció él.

—¡No! —exclamó ella subiéndose en el saco y estirando los brazos—. Ya subo.

Un saco no era suficiente, así que apiló cuatro más. Adam la agarró de las muñecas, ella lo agarró de los antebrazos y sintió que volaba.

—Uf —dijo al verse arriba. Adam la tomó por la cintura y ambos quedaron tendidos en el suelo respirando con dificultad.

—Vaya, no sabía que estuvieras tan fuerte —comentó Julia.

—Soy delgado, pero fibroso —contestó él.

Los dos se apoyaron en los codos. Julia miró a su alrededor. Era como estar suspendidos en una jaula sin cerrar en mitad de los árboles. Aunque las vigas del tejado estaban puestas, se veían las estrellas.

—¿Cómo vamos a bajar?

—Bajar siempre es más fácil que subir.

Julia miró hacia abajo. Había mucha altura.

—Y sin red.

Adam se levantó lentamente.

—Los riesgos no suelen llegar con red, Rubia. Deja de preocuparte y ven a ver la vista —le dijo tomándola del brazo para ayudarla. Cuando la agarró de la cintura, Julia se puso a sudar. Durante unos maravillosos segundos, recordó sus manos por todo su cuerpo.

Adam retiró el brazo y contempló extasiado el lago.

Julia sintió el viento en el pelo y se mojó los labios.

—Esto es precioso —comentó.

—¿Ha merecido la pena arriesgar la vida?

—Yo no he dicho eso.

—Entonces, ¿por qué quieres tirarte desde un avión o escalar una montaña?

Julia sintió como si todo su mundo se tambaleara. Se había dicho que quería cambios en su vida, pero el cambio era Adam y Adam era dolor porque sabía que se iría. Eso era lo que le había impedido dar el paso en otras ocasiones, que se fuera y ella se quedara en Quimby solo con sus recuerdos.

—Porque...

¿Quería solo recuerdos o recuerdos de nada?

«Lánzate», se dijo.

—Porque aparte de la experiencia física, quiero que tú... Quiero estar contigo y ver si... si... todavía queda algo entre nosotros.

Se hizo el silencio. Su instinto de supervivencia rugió en el interior de su cabeza. Adam la había retado a subir creyendo que no lo iba a hacer, pero se había equivocado. No solo había subido sino que, además, le había lanzado un desafío todavía mayor.

«Los huesos rotos se curan, gallina, pero los corazones, no», pensó.

Recordó que Cathy le había dicho que la huella de los Brody duraba mucho tiempo y era cierto. Ella llevaba deseando repetir con Adam desde la noche de su dieciocho cumpleaños, desde aquella noche de la que no habían hablado porque ambos sabían que había sido una gran traición.

Aquello había sido hacía diez años. Excepto su aberrante relación con Laurel, Adam había llevado vida monacal.

El terrible silencio siguió.

Julia lo miró sin saber qué estaría pensando.

«Es todo músculo y fuerza. Sin pizca de ternura... ¿o no?», pensó. ¿Debajo de tanta temeridad y valentía no habría un huequito para ella?

Pensó que sí, confió en que así fuera.

«Solo quiero un lugar seguro sobre el que aterrizar», se mintió a sí misma.

Capítulo Tres

—¿Adam?

—¿Julia? —dijo Adam mirándola sorprendido—. ¿Qué haces aquí?

—Yo... es que... —dijo Julia cerrándose la bata todo lo que pudo y mirando de reojo la habitación llena de velas. Adam intentó no quedarse mirando sus pechos que subían y bajaban bajo la seda—. No te esperaba a ti. Esperaba a... —dijo sonrojada de vergüenza.

«A Zack, por supuesto», pensó Adam. No lo deseaba a él sino a Zack.

Julia oyó un coche que se acercaba, lo agarró de la mano y lo metió en la habitación cerrando la puerta.

—¿Zack va a venir?

—No lo sé. Me dieron esta nota... —contestó él sacándose del bolsillo el papel con cuidado para que no se cayera la foto de Julia que había robado en la fiesta de cumpleaños.

Julia se la arrebató de las manos y la miró con los ojos como platos.

—¿Quién te la ha dado?

—Un chico. Cuando la fiesta estaba terminando, vino y me dijo que Fred se la había dado para que me la diera. No le encontré sentido, pero... —se encogió de hombros. Julia se había olvidado de la bata y del camisón medio transparente que llevaba. Adam supuso que no llevaría ropa interior.

Se sentó en la cama. «Dios». Estaba excitado. Julia se iba a dar cuenta y se iba a horrorizar porque era la novia de su hermano y él no debería verla con aquellos ojos.

Julia se quedó mirando la nota.

Adam carraspeó.

—Ha venido el hermano que no era, ¿verdad?

Al principio, Adam no la miró.

¿Sabías que he estado en Japón?

Julia asintió.

—Hace tres años —añadió Adam con el corazón a mil por hora—. Fue un viaje maravilloso. Fui solo a escalar el Hokkaido, pero me quedé seis meses atraído por su filosofía de vivir en armonía con la naturaleza. ¿Has visto alguna vez un jardín japonés? Absolutamente perfecto. Hay gente que trabaja recogiendo desperdicios durante horas y horas y de rodillas...

—¿Y has decidido que te quieres dedicar a eso? —preguntó Julia.

—No, por Dios. Me recogerían con escoba el primer día.

Julia apoyó la mejilla en una de las vigas.

—Entonces, ¿qué me estás intentando decir?

—Recorrí todo el país durmiendo en tatamis, comiendo arroz y pescado. Un día, conocí a un anciano en un poblado que hacía cajas de madera. Apenas podía mover los dedos, pero seguía trabajando. Llevaba todo la vida intentando alcanzar la perfección.

—Eso no existe.

—¿No? ¿Acaso una hoja no es perfecta?

Julia negó con la cabeza.

—No, siempre tienen alguna mancha.

—¿Y una piedra? —insistió Adam metiéndose la mano en el bolsillo del pantalón.

Alargó la mano y depositó en la palma de Julia una piedra.

—No mires. Tócala. ¿No es perfecta?

Julia cerró los ojos. La piedra era redonda y estaba suave por la erosión. Le dio varias vueltas en busca de algún desperfecto.

—Tengo la costumbre de tomar una piedra en todos los sitios a los que voy.

—¿Por qué?

—Recuerdos, supongo.

Sin abrir los ojos, Julia se llevó la piedra a los labios como si la fuera a besar. Adam sintió que se le aceleraba el corazón. Pero ella no la besó, se la pasó varias veces por el labio inferior en busca de alguna imperfección.

—¿Y esta de dónde es?

—De Idaho.

—Me parece ver que hay algo más —dijo Julia abriendo los ojos—. Vaya, una imperfección.

—Sangre —dijo Adam.

Julia lanzó un gritito y dejó caer la piedra, que se perdió en la oscuridad.

—Lo siento, Adam. Podemos bajar a buscarla.

Él le puso la mano en el hombro.

—No, déjala.

—Pero… ¿Sangre? ¿De quién?

—Mía.

Adam…

Le habló del accidente, de cómo había perdido el control del coche y se había salido de la carretera. De cómo había estado durante lo que le pareció una eternidad colgando del precipicio, agarrándose con todas sus fuerzas a la vida y prometiéndole a Dios que no volvería a aceptar riesgos. Una vez en el hospital, una enfermera le abrió la mano, encontró la piedra y se la dio a Zack.

—Un año después, volví al lugar del accidente para tirarla, pero no pude.

Julia apretó los dientes.

—Y ahora yo la he perdido.

—No importa —contestó él resistiéndose a retirarle un mechón de pelo de la cara—. Ya no la necesito.

—¿De verdad?

—Creo que sí.

—¿Por qué ahora sí y antes, no? —preguntó Julia poniéndole la mano en el brazo.

—Porque estoy en casa —contestó sin pensar.

—Pero no te vas a quedar —dijo ella—. Estás buscando tu perfección, una perfección fiera y terrible —añadió dándose la vuelta—. Eso me asusta.

«A mí, también», pensó Adam.

Aquella era su imperfección.

Adam bajó y la ayudó a bajar. Al sentirla tan cerca, todos sus instintos masculinos se alertaron e intentó no mirarla. La llevó a recoger su coche a la playa y respiró aliviado cuando ella se fue, sorprendido de haber conseguido no contestar a su pregunta sobre su relación. Sin embargo, si quería verla, iba a tener que pensar en algo. Seguro que había algún motivo para no estar juntos. No era bueno para ella. Aunque dijera que quería riesgos, no era así. Lo último que necesitaba en su vida era un tipo como él. Ella estaba hecha para tener una vida normal y ser una esposa normal. Se lo repitió una y otra vez mientras iba hacia casa de sus padres.

Se despertó en mitad de la noche agobiado por el peso de todos los habitantes de la casa.

«La llave», pensó. «La piedra».

Quince minutos después, estaba arrodillado tanteando el suelo. La encontró y se quedó apoyado contra la pared hasta que amaneció, mirando al horizonte y pensando en Julia.

Volvió a casa y, cuando estaba haciendo café, apareció su padre, así que ambos se sentaron a la mesa.

—No podía dormir —le explicó.

—¿Te vas a quedar?

—Un tiempo —contestó Adam.

—Bueno, parece que todos hemos vuelto a Quimby —dijo su padre.

Efectivamente, la boda de Zack había sido la excusa perfecta. Sus padres habían estado un año viviendo en Florida.

—Tu madre dice que se va a presentar a la alcaldía. Podrías ayudarla con la campaña.

—Hasta el día de Acción de Gracias.

—Navidad —regateó Reuben Brody—. La harías muy feliz.

—Pero si tiene una nuera nueva y la ciudad entera para ella —contestó Adam. Eve

Brody era una mujer muy activa que siempre estaba buscando cosas que hacer. Reuben era más tranquilo. En eso se parecía a su hijo mayor aunque no en el físico. Zack y Eve eran increíblemente guapos.

—A ver si te encontramos a ti algo así.

—Ya sabes que no me interesa la política —contestó Adam fregando su taza.

Había oído movimiento en el piso de arriba y supuso que, en breve, la cocina se iba a llenar de Brodys, permutaciones de Brodys y, lo que era todavía peor, Brodys políticos.

—No estaba hablando de política —dijo su padre abriendo la nevera para sacar los huevos—. A no ser que te refieras a políticas sexuales.

Adam sonrió.

—En la mesa, no se habla de sexo —le recordó. Efectivamente, su madre lo había prohibido cuando los dos hermanos habían empezado a preguntar cosas como «pero, ¿cómo cabe ahí dentro?»

—El matrimonio... —dijo su padre.

—Es un compromiso de por vida —concluyó Adam—. Si mamá y tú queréis nietos, no os preocupéis. Dejádselo a Zack —añadió. Como todo.

—Estaba pensando en tu felicidad, hijo. ¿Me pasas ese cuenco... el grande? ¿Quieres tortitas?

—Ya sabes que no como cosas pesadas.

—¿Tortilla sin yema?

—No, gracias, papá —contestó Adam dándose cuenta de que no se había afeitado. Ya no tenía tiempo. Todos los Brodys debían de estar a punto de aparecer—. Me tengo que ir.

—Aquí llega tu madre —anunció Reuben identificando sus pisadas entre todas las demás.

—La veré luego —contestó Adam saliendo por la puerta de atrás.

—¡No te olvides de devolver el esmoquin!

—Está arriba, papá. ¿Te importa devolverlo tú, por favor?

—Solo si me prometes que vienes a cenar. Y tráete a Julia. Nunca la vemos.

—¿Cómo sabes que...? Veré lo que puedo hacer.

«Si me sigue hablando cuando le diga lo que le tengo que decir», pensó.

No le gustaba lo que le tenía que decir. A primera vista, salir con ella parecía razonable, pero no era así. Sería muy complicado, sobre todo decir adiós sin hacerle daño.

Llamó a la puerta de su casa.

—Adelante —dijo ella desde dentro.

Había estado allí un par de veces, pero siempre con más gente.

—Estoy aquí —dijo Julia desde la cocina.

Adam dudó.

—Soy Adam.

—Ya lo sé.

Adam miró a su alrededor. Todo estaba perfecto, en su lugar. Pensó que, si fuera capaz de quedarse en un sitio, así podría ser su casa.

—Buenos días. Estoy haciendo gachas de avena —lo saludó sacando dos cuencos de porcelana y colocándolos sobre la mesa que daba a los ventanales que iban desde el techo hasta el suelo—. Con azúcar moreno —añadió.

O no se sorprendía en absoluto de verlo o estaba disimulando muy bien.

—Pensé que había que desayunar bien para ir a escalar.

—Pero...

—No, no te preocupes. Solo tenía un par de citas hoy y ya las he cancelado. Siéntate. No me gusta desayunar sola.

—Ya he desayunado. Solo he venido a...

—Un té, claro —sonrió—. No te preocupes. Como es el primer día, habremos terminado antes de que te des cuenta.

—Estás decidida —dijo Adam sentándose.

—¿Volviste anoche a la casa? —le preguntó metiéndose una cucharada de cereal en la boca.

—En realidad...

—Entonces, trato hecho.

¿Qué podía decir?

Terminaron de desayunar y Julia lo recogió todo rápidamente. Lo estaba tratando con tanta simpatía que le debería de haber resultado muy fácil soltarle el discurso de solo somos amigos, pero no fue así.

—Lo de anoche —dijo Adam.

—Lo de anoche fue... fue una excepción —dijo ella demasiado alegre y sin mirarlo a los ojos.

—¿Eso qué quiere decir?

—Quiere decir que lo olvides. La boda, que me habría alterado. Olvida todo lo que te dije.

—¿Eso quiere decir que me puedo ir?

—¡Espera! —exclamó Julia—. Esa parte, no.

—¿Qué parte, entonces? Tenemos que dejar esto claro —insistió Adam. Era más fácil que lo dijera ella, claro. Cobarde.

Julia tomó aire.

—Vamos a... ser solo amigos —dijo—. ¿De acuerdo? Solo amigos. No vamos a explorar territorios inexplorados.

No tan inexplorados, la verdad, pero no era el momento de pensar en ello ni para recordar cómo se movía Julia bajo su cuerpo.

—Podré vivir con ello —dijo Adam preguntándose por qué no se sentía aliviado. Al fin y al cabo, aquello era lo que quería, ¿no?

No, no era lo que quería, pero sí lo que debía hacer.

La observó ponerse unas botas nuevas, la cazadora y la bufanda y guardarse unos guantes de cuero. Su belleza era innata, fuerte y fresca. Era perfecta para él. No había nada de nuevo en ello.

Era él quien fallaba.

—Alarga la mano derecha todo lo que puedas —le indicó Adam desde abajo.

—Es lo que estoy haciendo...

—Tienes un saliente ahí. Agárrate.

—No hay ningún sitio al que agarrarse —contestó bajando el brazo. Estaba en un saliente de unos quince centímetros—. Estoy fenomenal aquí, ¿eh? Me parece que me voy a quedar un ratito.

—Cuanto más te quedes, más te va a costar moverte.

Julia miró hacia abajo. Adam estaba junto a la pared de granito sin quitarle el ojo de encima mientras mantenía la cuerda sujeta. Maldición. No había subido tanto como creía.

—Se acabó el descanso —añadió. Pon el pie derecho todo lo arriba que puedas. No te preocupes por resbalarte. Es imposible. Las suelas de goma se agarran a la roca.

Julia subió el pie hasta que la rodilla casi le daba con la barbilla.

—Ahora... arriba.

Cerró los ojos y obedeció. Sintió cómo le tiraban los músculos de la espalda y del hombro. Alargó el brazo y tocó un saliente. No podía ser aquello.

—Ya lo tienes —gritó Adam—. Ahí está. Arriba.

Tocó con las yemas de los dedos el minúsculo saliente y apoyó la frente contra la piedra.

—Respeto la piedra, siento la piedra, soy la piedra —dijo yendo hacia arriba.

—Sigue —la animó él—. Con las piernas.

Ja. Tenía la pierna izquierda colgando sin apoyo.

—¿Cómo? —gritó con la cara pegada a la piedra.

—Apáñatelas.

Julia apoyó el pie en un pequeño saliente, pero se partió y volvió a quedar colgando.

—No puedo —murmuró. Adam le había dicho mil veces que estaba prohibido decir eso.

—Tú puedes.

No, se iba a caer.

—Esa es la parte más difícil. Si la pasas, estás a salvo.

—Eso mismo has dicho hace tres metros

—protestó Julia dándose cuenta de la engañifa.

La zanahoria delante del burro.

Le dolía todo. ¿Quería subir o bajar? Adam le había obligado a caerse aposta al principio para que viera que la cuerda de seguridad funcionaba perfectamente. Miró hacia arriba y hacia abajo, «El que no arriesga, no consigue nada», pensó.

Allá voy —gritó.

Puso el pie en el mismo saliente en el que previamente había puesto la mano y se aupó con todas sus fuerzas. Gimió ante el esfuerzo. No vio ningún sitio al que agarrarse y se le resbaló el pie izquierdo. Palpó la superficie con desesperación y encontró otro saliente.

—Sigue —gritó Adam.

Seguir o caerse. Siguió subiendo con los muslos ardiéndole y las manos destrozadas. Al ver que la cima estaba próxima, sintió un subidón de adrenalina. Puso la mano en lo más alto y subió. Se quedó allí tumbada, disfrutando del sol mientras recobraba el aliento, Se levantó y tomó aire antes de soltarse.

Adam subió sin dificultad.

—Enhorabuena —le dijo al llegar—. Has hecho tu primera escalada —sonrió.

Aquel hombre era adorable y Julia se

convenció de que era una suerte tenerlo como amigo. Estaba fenomenal como amigos, sí, fenomenal.

Pero mucho mejor estarían siendo amantes.

—Gracias —contestó sentándose.

Adam le tocó la pierna en un gesto de ánimo. Dudó y le palmeó la rodilla. Llevaban así toda la mañana, tocándose y bromeando.

—¿Cómo te sientes?

—Me duelen las rodillas, me duelen los codos, me duelen los músculos, tengo las yemas destrozadas y estoy hecha un flan.

—Entonces, estás fenomenal.

—Sí, supongo que sí —dijo quitándose el casco—. Supongo que me siento viva.

—Mmm.

—Sí, sí, ya sé que, para ti, esto no es nada, pero déjame disfrutar de mi logro.

Adam se levantó y la miró.

—Lo has hecho muy bien para ser principiante —contestó .

—Puede que esto de la escalada sea algo más, como una cura para la locura —comentó Julia mirando al horizonte.

—Solo es un deporte.

—¿Cómo dices eso? He visto fotos tuyas en el Himalaya. Pura locura.

—No es tan peligroso como parece cuando sabes lo que haces y vas con precaución.

—Si fuera así, no te interesaría.

—¿Crees que me quiero matar?

—No te conozco lo suficiente como para contestar a eso —dijo Julia tragando saliva—. Dímelo tú.

—No me quiero matar.

—Bien. Entonces, ¿quieres vivir?

—¿A qué te refieres?

—A qué planes de futuro tienes. ¿O es que piensas irte a vivir al Anapurna y alimentarte de leche de yak?

—Es una idea. La leche de yak no está mala —sonrió Adam.

Julia suspiró.

—Eres imposible.

—Eso dicen.

—Hablas en círculos.

—La vida es un círculo infinito.

Julia no dijo nada más. Adam se sentó a su lado y observaron las nubes y los prados.

—¿Tenemos tiempo de escalar un poco mas? —preguntó Julia por fin. No quería que la mañana se acabara.

—Ya vale por hoy, pero mañana podemos ir a los acantilados Thornhill.

—He estado arriba y me parecen demasiado escarpados. No, gracias.

—Nunca te haría escalar nada que estuviera por encima de tu nivel.

Julia sonrió.

—¿Así que te parece que tengo nivel?

—Más o menos.

—Si tú crees que puedo...

—Lo importante es que tú lo creas.

—Claro que sí. Soy la piedra.

—¿Qué?

—Es el mantra que he repetido mientras subía. «Respeto la piedra, siento la piedra, soy la piedra» —contestó acariciando la roca. Ya nunca la volvería a mirar igual. Entonces, recordó que...

—¿Qué haces? —preguntó Adam al verla con la nariz pegada a la superficie.

—Estoy buscando una cosa —contestó. No valía cualquiera. Tenía que ser especial. Al final, se medio descolgó y consiguió arrancar una muy pequeñita, pero roja y blanca.

Se la dio a Adam.

—Por la que te perdí ayer.

—Has sido tú la que has subido. Deberías quedártela tú —dijo él depositándola en su mano y disponiendo las cuerdas para bajar.

Julia se quedó aturdida. Aquello le había dolido. No quería su piedra y no la quería a ella. Levantó el brazo para tirarla, pero no pudo. Decidió quedársela.

Capítulo Cuatro

—El hermano que no era —repitió Julia arrugando el papel. Se dio cuenta de cómo la estaba mirando Adam y sintió un escalofrío. Se cerró la bata, avergonzada por haber montado todo aquello para seducir a su hermano. Adam iba a pensar que era banal. Probablemente, se reiría de ella a sus espaldas.

«No lo hará», pensó mirándolo. Adam tenía un humor sarcástico, pero no era mala persona. Si le pedía que no dijera nada, no lo haría.

Se sentó en la cama a su lado.

—Me siento estúpida.

Adam se apartó, pero le acarició la mano.

—No pasa nada. Ha sido un error. Si quieres, voy a buscar a Zack.

—¡No!

—¿No? —repitió Adam queriendo decir ¿por qué no?

—Demasiado tarde. De todas formas, me parece que todo esto no era tan buena idea. Esto me pasa por planear... —se interrumpió al percibir el calor del cuerpo de Adam.

Se acercó a él, bajó la voz, le apartó el pelo de la frente...

Oh, no. Definitivamente, no. Era lo suficientemente lista como para no dejarse llevar por la atracción que sentía por Adam, que era salvaje, intrépido y demasiado peligroso para su corazón.

Él era, en definitiva, todo lo que Zack y ella no eran.

No, no y no. Sin duda, Adam no era el hermano correcto.

El miércoles, Julia todavía no había conseguido que Adam la llevara a escalar de nuevo, aunque se lo había prometido. Se concentró en su vida laboral, concertó citas y enseñó casas como si su vida personal fuera estupendamente. Fue a Evergreen Point varias veces, pero no había señales de que Adam hubiera estado allí. Todos los familiares se habían ido ya, excepto una tía muy mayor. Eso lo sabía por Gwen, que siempre sabía todo lo que ocurría en Quimby.

El jueves por la tarde, fue a casa de sus padres para cenar con ellos.

Los Knox tenían una destartalada casa en la que llevaban tres décadas dedicándose a las antigüedades.

—Julie, Julie, Julie —dijo su padre abrazándola.

—Hola, cariño, tengo una cosa preciosa para tu casa —dijo su madre. Resultaría ser una mantequillera o un cupido de plástico y Julia tendría que encontrar la manera de rechazarlo educadamente.

Benny y Bonnie Knox eran bajitos, gorditos y alegres. Julia era la niña de sus ojos aunque les parecía demasiado organizada y seria. Ella opinaba que sus progenitores eran caóticos. A pesar de todo, se querían y respetaban mucho.

—¿Qué es eso que he oído de que estás escalando? —le preguntó su padre con un delantal de colores.

Julia intentó explicarles sus motivaciones.

—No voy a escalar el Everest —concluyó.

A sus padres no les hizo mucha gracia. Siempre les había confundido que a su hija se le dieran tan bien los deportes. Incluso bromeaban con la posibilidad de que se la hubieran cambiado en el hospital y su verdadera hija anduviera por ahí sufriendo con una familia adicta al esquí o al tenis.

—Eso es por Adam —dijo Benny—. Menudo salvaje.

—Cariño, no me gusta que andes por ahí colgando de una cuerda —comentó su madre.

—Mamá, sabéis cómo soy. ¿Haría algo peligroso?

—No, eres una buena chica.

—Es cierto. Nunca nos has dado ninguna preocupación.

Aquello era patético. Julia consiguió desviar el tema hacia la boda de Zack y Cathy. Mientras su padre terminaba de preparar la comida, su madre y ella comentaron que de menuda se había librado Zack no casándose con Laurel Barnard.

Tras comer emparedados de ensalada de huevo que sabían a polvo y a barniz, como todo en su casa, Julia se fue a una cita de trabajo con una tetera y un colador de té de plata que su madre insistió en que se llevara. Pensó que le iría bien porque Adam solo bebía té.

De camino, se encontró con Eve Brody.

—¡Julia! —la saludó la mujer—. ¡Hola!

Julia bajó la ventana.

—Hola, señora Brody.

La madre de Adam se bajó del coche con su pelo canoso al viento y fue hacia ella.

—Estoy repartiendo panfletos por toda la ciudad. ¿Te importa llevarte unos cuantos a tu oficina?

—Claro que no —contestó Julia.

Hablaron brevemente de los deseos de la señora Brody de dar un empujón a la ciudad aunque a Julia le interesaba más bien poco que la depuradora no funcionara bien. Siempre había querido ser como Eve Brody de mayor. Seguramente, por eso, había salido con Zack tanto tiempo. Adoraba a su madre, pero la señora Brody irradiaba clase.

—A ver si vienes un día a cenar, Julia. Te echamos de menos en casa.

—Eh...

—¿Te parece incómodo? Podrías venir mientras Zack está de luna de miel.

—No me incomoda en absoluto, señora Brody —contestó Julia. Había dejado que los demás la comparecieran por lo de Zack porque así disimulaba lo que sentía por Adam, pero eso no quería decir que no le molestara que creyeran que era una de los corazones rotos—. Zack y yo somos amigos.

Eve se apartó un mechón de pelo y sonrió.

—Entonces, el viernes a las siete.

—Allí estaré, señora Brody.

—Llámame Eve —dijo la mujer agarrándole la mano—. Al fin y al cabo, casi fui tu suegra.

Julia tragó saliva.

—Lo intentaré.

—A ver si conseguimos que Adam también venga —continuó Eve Brody—. Aunque no sé si estarás ya harta de verlo porque eso de ir a escalar todos los días con él...

—¿Todos los días?

—Desde luego, eres valiente. Además, te

65

estoy agradecida porque le viene bien a Adam y, de paso, se queda más tiempo. Reuben y yo te debemos una.

—Sí —contestó Julia.

—Dile a Adam lo de la cena. Los acantilados Thornhill, ¿eh? Debes de ser muy buena, Julia —dijo Eve Brody alejándose.

Julia sintió deseos de ir a buscarlo para echarle en cara que la utilizara de coartada, pero no sabía dónde ir y tenía una cita de trabajo. Cuando terminó de trabajar, fue a casa a cambiarse y fue a buscarlo a los acantilados. Para entonces, se le había pasado el enfado y se sentía triste. Ella que creía que eran amigos...

Estaban en noviembre y hacía frío. Bajó del coche y encaró el camino de unos ochocientos metros que la separaban de la cima. Lo que le interesaba a Adam estaba del otro lado. Se trataba de paredes escarpadas que llevaba escalando desde los quince años, pero, aun así, no era seguro ir solo y, menos, no estando al cien por cien.

«No pienses eso», pensó muerta de miedo. «Enfádate. Al fin y al cabo, lo que ha hecho ha sido dejarte colgada».

Vio el jeep de Adam y vio que faltaba el equipo de escalada del maletero. Le había insistido mucho en que nunca fuera a escalar sola, pero parecía que él lo hacía.

Julia sintió un escalofrío.

Comenzó a correr, pero el camino era escarpado y tuvo que aminorar la marcha. A la mitad, se tuvo que parar a tomar aliento. El corazón le latía a toda velocidad y oyó a los pájaros cantando, como burlándose de ella.

Comenzó a andar de nuevo y se repitió una y otra vez que Adam sabía cuidarse, que llevaba años haciéndolo. Era demasiado independiente.

O, por lo menos, lo era antes del accidente, antes de Laurel Barnard.

Su relación la había sorprendido mucho. Estaba resignada a perderlo por la vida al aire libre, por las montañas, pero no por otra mujer. Julia se había convencido de que no había huido de ella sino de cualquier tipo de compromiso. Al darse cuenta de que no era así, lo había pasado muy mal.

No sabía muy bien cómo había sido la cosa, pero le habían dicho que, durante una de las visitas de Adam a casa de sus padres, Laurel había concentrado en él todos sus encantos porque Zack no le hacía caso. Adam, con menos experiencia en mujeres que su hermano, cayó en sus redes y Julia se quedó hecha polvo al darse cuenta de que iba en serio con ella.

De repente, Adam desapareció y, a las pocas semanas, Zack anunció que se iba a casar con Laurel. Quimby se llenó de rumores. Julia comenzó a sospechar de que Laurel había utilizado a Adam para dar celos a Zack. Julia sufrió tanto por él como había sufrido por ella misma y más cuando se enteró del accidente.

No había corrido junto a su cama porque sabía que el orgullo de Adam estaría destrozado. Sabía que no la quería allí. Los meses siguientes y las noticias de su recuperación, que llegaban con cuentagotas, habían sido desesperantes.

Entonces, se había dado cuenta de que tenía que empezar a vivir la vida.

Con o sin Adam.

«Por favor, Dios mío. Con él, lo quiero a mi lado. Siempre lo he querido».

La verdad la pilló por sorpresa.

«Adam Brody es el amor de mi vida».

La cima estaba cerca, le quedaba poco. Le ardían los pulmones, pero siguió adelante con la cara cubierta por las lágrimas y el sudor. No había motivos reales para creer que a Adam le hubiera sucedido nada. Era solo su imaginación.

Ella no era así. Nunca perdía el control.

—¡Adam! —gritó con todas sus fuerzas.

Se paró en seco. Adam estaba sentado en el borde del acantilado. No parecía herido, pero no se movió.

—Adam… por Dios, creí que… —dijo Julia acercándose y arrodillándose detrás de él. Lo abrazó tan fuerte que le sonaron las costillas—. Oh, Adam…

—Suéltame —le espetó él levantándose.

Julia vio que tenía mala cara y supo que había sucedido algo.

Miró el equipo, que estaba tirado en el suelo hecho un asco. El arnés estaba como si se lo hubiera quitado y lo hubiera lanzado a cualquier sitio. Adam tenía las manos arañadas y llenas de tiza.

«¿Qué habrá pasado?», se preguntó Julia.

Adam estaba de espaldas y ella se acercó.

—¿Adam? —le dijo alargando la mano. Le temblaba tanto que no se atrevió a tocarlo—. ¿Has estado escalando? —le preguntó. «¿Tú solo?», pensó.

—Ha sido solo una prueba —contestó.

Julia volvió a alargar la mano, pero volvió a retirarla.

—No he podido —dijo él amargamente dando una patada a una piedra.

«Solo», pensó Julia intentando no imaginarse lo que podría haber sucedido. No quería imaginárselo en peligro y herido.

Demasiado tarde. Aquella imagen ya estaba en su cabeza.

Estaba claro que Adam no quería que lo consolara. Julia fue hacia el equipo y comenzó a guardar las cuerdas.

—Me dijiste que nunca escalara sola —dijo al cabo de un rato de incómodo silencio. Era inútil fingir que se había llevado un susto de muerte.

Adam no contestó. Julia cerró los ojos y tragó saliva una y otra vez contando los segundos.

—Yo soy un escalador experimentado —dijo por fin en tono de sorna.

—¡Pero estás recuperándote de una lesión!

—No te preocupes. Estoy entero —contestó moviendo los hombros para relajar los músculos—. Entero y dolorido —añadió con amargura.

Julia sintió una punzada de dolor, pero la disimuló. Sabía que Adam no quería su compasión, como no había querido su consuelo. Era un hombre solitario, abnegado y acostumbrado a privaciones. Qué triste. Julia bajó la barbilla para ocultar las lágrimas.

Se maldijo a sí misma por haber insistido para que la enseñara a escalar. Si no le hubiera dicho nada, él no habría ido. En su corazón, sabía que había ido solo allí para no fallar delante de ella.

—No es culpa tuya —dijo él de repente.

Julia se secó las lágrimas.

—Lo siento, Julia —dijo acercándose. Julia

vio que se había arañado la frente y quiso abrazarlo y besarlo... consolarlo.

—¿Por escalar solo?

—No, por haberte empujado. ¿Te he hecho daño?

Julia negó con la cabeza.

—Esta vez, no.

—¿Cómo?

—No lo he dicho en serio.

Adam se pasó una mano por el pelo.

—¿Cuándo te he hecho daño?

Julia le lanzó el arnés y las cuerdas.

—Nada, olvídalo. Toma esto.

Adam la tomó por los hombros.

—Nunca te haría daño. Ni a ti ni a nadie...

Julia se soltó.

—Físicamente, no —contestó mirándolo intensamente—, pero, ¿cómo crees que nos sentimos los demás cuando te vas... por ahí... y te juegas la vida?

—No es asunto tuyo.

—No puedes prohibirle a alguien que se preocupe por ti —le dijo. Como le había dicho Adam diez años atrás cuando, culpable y avergonzado, había querido hacer como si aquello nunca hubiera ocurrido. Entonces, Adam había creído que ella dejaría de quererlo si se iba.

Tal vez, ella también lo creyera.

Pero, obviamente, no había sido así. Julia

seguía queriéndolo. Su carrera montaña arriba lo dejaba muy claro.

—Ha sido un error —dijo él.

—¡Ni que lo digas!

—Las clases.

—No, tu bravuconada.

Él la miró con los ojos entrecerrados.

—No sé lo que habrá pasado hoy aquí, Adam, pero debes asumirlo. Por lo menos durante un tiempo, no deberías escalar solo…

—Pues no escalaré —dijo apretando los dientes.

—¿Lo vas a dejar? —preguntó Julia. No se lo creía aunque él lo hubiera prometido tras el accidente—. No me lo creo. Además, tenemos un trato. Como has utilizado la casa… me debes algo. Mañana, quiero mi clase. Y pasado mañana, también. Te propongo que nos pongamos en forma juntos —le dijo con los puños en las caderas—. De lo contrario, se lo cuento a tus padres. Y a Zack.

Adam sonrió y se encogió de hombros, pero Julia había visto respeto en sus ojos.

—¿Qué dices?

—Muy bien —contestó él.

Julia le tendió la mano y él se la estrechó.

—Tu madre me ha invitado a cenar el viernes —murmuró Julia mientras le curaba la herida de la frente.

Adam tenía el cuello apoyado en el cojín de una de las butacas de la casa de ella y estaba de lo más cómodo. Quería cerrar los ojos, que ella siguiera tocándolo y dormirse.

—¿Habrán vuelto Zack y Cathy para entonces? —añadió.

—No creo —dijo él cerrando los ojos.

—No iré si es incómodo...

—¿Para quién?

—Tienes razón —dijo poniéndole una tirita—. Tú y yo somos amigos.

—Fuiste su dama de honor. Julia recogió el botiquín.

—No me refería a Zack y a Cathy —contestó ella sentada en el brazo de la butaca—. Con ellos, estoy muy a gusto. Me refería a ti... —miró al techo y tomó aire—. Dios, Adam, qué obtuso eres.

—¿No quieres que seamos amigos? —dijo él en voz baja. Sabía que aquello era una locura, pero no podía impedirlo.

Le acarició el brazo. Julia ahogó un grito de sorpresa y se le puso la carne de gallina.

—Tú, sí —contestó acercándose—. Eso dijiste, ¿no? Que querías que fuéramos solo amigos.

—Fuiste tú la que lo dijo.

La piel de Julia estaba caliente, como el sol. Adam cerró los ojos y respiró hondo. Julia siempre había sido su sol, radiante y llena de vida. ¿Por qué no dejar que su alegría y su calidez se adentraran en sus fríos huesos?

Le agarró la mano y se la puso en el pecho. Julia se echó sobre él y se apoyó en el otro brazo de la butaca. El reloj dio la hora y Adam pensó en todos los minutos, las horas y los días que había pasado adrede lejos de Julia… cuando, en realidad, ella era todo lo que anhelaba.

El sol.

Su cara llenó su campo de visión, con su tono melocotón y el pelo castaño rozándole la cara. Lo estaba mirando con sus enormes ojos y los labios ligeramente separados y temblorosos. Adam alargó los brazos y recorrió aquellos centímetros que parecían kilómetros hasta tener su cara entre las manos. Entonces, Julia suspiró de placer. Adam sintió su aliento en los labios y aspiró su delicado aroma femenino.

«Bésala, bésala».

—No —dijo—. Esto no está bien.

Julia lo miró sorprendida, se apoyó en sus hombros y se apartó. Adam sintió frío y un gran vacío.

—Espera —dijo Adam levantándose.

—No quiero ser un error —contestó ella mirando por el ventanal—. Ya me tocó pasar por ello y no tengo buen recuerdo. No me encuentro bien. ¿Te importaría irte?

—Deja que me explique.

—Tú no me dejaste explicarme hace diez años.

—Ah, eso.

—Sí. A diferencia de ti, yo no he olvidado lo que pasó en aquel motel —le espetó—. No hay nada mejor que tener dieciocho años, acabar de perder la virginidad y que el chico con el que acabas de hacer el amor te diga que todo ha sido un terrible error.

Adam no supo qué decir. Habían estado tanto tiempo sin hablar del tema que había llegado a creer que Julia lo habría olvidado. Así, a él le había resultado más fácil intentar olvidarlo.

—Sí —añadió ella—. El monstruo que sale del armario. Lo fastidiamos todo y ya nada volvió a ser lo mismo entre nosotros.

—¿Cómo iba a serlo? Eras la novia de Zack —contestó Adam. Percibió la angustia de Julia y se sintió culpable porque él la había desencantado. A los dieciocho años, había decidido huir con su culpabilidad y su vergüenza y la había dejado a ella sola para enfrentarse a Zack día a día. Un destino terrible. ¿Cómo no se había dado cuenta?

—Zack y yo estábamos hechos el uno para el otro. Éramos perfectos —murmuró Julia mirando por la ventana—. Todo el mundo lo decía —sonrió con tristeza—. Claro que no sabían lo que había ocurrido entre tú y yo.

Adam apretó los puños y miró al suelo.

—Tú y yo —repitió Julia mirándolo de arriba abajo—. El gran error. Tan imperfecto...

«Pero tan potente», pensó Adam. Lo suficiente para haber durado, por lo menos, todos aquellos años.

Julia le hizo un gesto con la mano.

Vete. No pasa nada. Ahora somos amigos. No, no lo eran. Adam se acercó, pero se tuvo que parar porque el dolor de la zona lumbar le bajó por la pierna izquierda y no se podía mover.

—Vete, quiero que te vayas.

Su fragilidad era aterradora y él no podía moverse para consolarla. Sin el bastón, podría caerse. Era el maldito orgullo, pero no quería que lo viera así. Se apiadaría de él y eso era lo último que quería.

Maldijo en silencio y se fue con cuidado hacia las escaleras, que le parecieron más escarpadas que cualquier montaña que hubiera subido en su vida. Apretó los dientes y decidió subirlas aunque fuera lo último que hiciera.

La primera vez, había dejado a Julia por inmadurez.

La estaba dejando de nuevo. Las cosas no habían cambiado mucho.

«Pero cambiarán», se juró. «Esta vez, cambiarán».

Julia se quedó mirando por la ventana cuando él se fue. Al oírlo subir las escaleras lentamente, se le había pasado el enfado, pero no había ido a ayudarlo.

Ansiaba tanto que la besara que le parecía sentir todavía sus labios cerca, su proximidad, su deseo, que se había apoderado de ella como la miel. Un poco más y se hubiera derramado sobre ellos, los habría atrapado en su dulzura y habrían hecho el amor.

¿Y luego qué?

Tal vez, Adam tuviera razón al dudar. Estaban hechos para sufrir… por lo menos, ella. No sabía qué sentía Adam porque no había dicho mucho. Solo que la seguía considerando un error.

«Cómo duele».

—Basta —dijo volviéndose a la estancia vacía. Decidió que necesitaba una ducha.

Adam se quedó en el coche con el bastón en el regazo. No quería que su madre lo viera con él. Se iba a asustar.

«Hay que tener más valentía para usarlo que para no hacerlo», se dijo. «Es otra forma de fuerza».

O de debilidad.

Julia tenía razón. No debería haber ido a Thornhill solo. Conocía el terreno como la palma de su mano, pero no su nuevo cuerpo.

La escalada había sido un desastre, pero la próxima vez le iría mejor. Si Julia quería seguirlo, claro.

Después de cómo la había tratado... Sentía haberla empujado, pero no se arrepentía de lo que le había dicho en su casa. Besarla habría sido un error. Habría sido deshonroso. Así de simple. No podría volver a cometer un error.

Debía irse. Cuanto antes.

«Entonces, pensará que eres un cobarde». Asintió y decidió que debía demostrarle que no era así. Decidió quedarse y hacer las cosas bien.

Apoyó el bastón en el asfalto y comenzó a andar. Los músculos le dolían, pero menos. Pensó que lo mejor sería darse un buen baño caliente. El cuarto de baño de casa de sus padres era pequeño, pero el del chalé piloto de Julia tenía una bañera enorme. Un trato era un trato, al fin y al cabo.

Capítulo Cinco

—¿Julia? —dijo Adam con mucha dulzura.

Julia aguantó la respiración y se giró hacia él. Estaba temblando, pero no quería que se le notara aunque, probablemente, la batalla estaba perdida desde el mismo momento en el que había abierto la puerta. Antes de aquello, había sospechado en varias ocasiones que Adam sabía lo que sentía por él. En aquellos momentos, sin embargo, la atracción era innegable y recíproca.

Pero Adam era un riesgo. Un riesgo peligroso.

—¿Rubia? —insistió. Julia se sintió perdida. Siempre le había encantado la forma en la que lo decía, como si fuera un preciado tesoro para él.

Se dio cuenta de que su intento de presentarse como una flor sin abrir a Zack había sido el último intento por negarse a sí misma lo que sentía por Adam, por intentar controlar aquel deseo. Optar por el hermano salvaje en lugar de elegir al tranquilo le parecía tal locura que había preferido encerrarse en la seguridad de su relación con Zack.

Pero el destino tenía otros planes. Y Julia se rindió.

—Oh, Adam, me alegro tanto de que hayas venido —dijo cerrando los ojos y rezando para que la besara.

—Tres dormitorios, todos con baño —dijo Julia de memoria—. El despacho de abajo se puede convertir en otro si es necesario. ¿Subimos?

—Me gustaría ver de nuevo la cocina —dijo la mujer.

—Muy bien —sonrió Julia. Quería terminar la visita cuanto antes—. Les dejo a solas un rato.

Aunque no se notaba en absoluto que Adam hubiera estado allí, ella percibía su presencia y se estaba poniendo muy nerviosa. No sabía qué decirle. Desde luego, no le iba a decir «siempre te he querido».

Subió a la cúpula. La habitación estaba llena de cojines por el suelo. Perfecta para leer un libro, tomar un te y admirar el lago entre los arboles.

Vio la casa en la que Adam y ella habían estado unas semanas antes. Ya estaba casi terminada. Los operarios se movían por ella como hormigas afanosas. De repente, se fijó en un hombre que había en el tejado. ¿Adam? ¿Era él? Lo observó. Sí, definitivamente, era él, sin duda.

Llevaba vaqueros, sudadera, botas y un cinturón de carpintero a la cintura. Estaba clavando unas maderas con ayuda de una pistola eléctrica.

Adam. Construcción. Sí, ¿por qué no? Decidió que no debía actuar como mamá gallina, así que se le ocurrió preguntar a los Strohmeyer si querían ver una casa en construcción. El jefe de obra les dio un casco a cada uno y accedió a darles una vuelta de cinco minutos.

Julia giró la esquina y fue directa donde estaba Adam.

—¡Adam Brody! Vaya, qué coincidencia.

Adam se acercó al borde del tejado y se quitó los guantes.

—Hola, Rubia.

Julia se relajó.

—¿Y eso?

—Necesitaba trabajo —contestó bajando por la escalera.

—En el tejado, ¿eh? —dijo con el mentón levantado olvidando por un momento que debería estar enfadada con él—. ¿Puedes?

—Claro —contestó él con las cejas enarcadas y una sonrisa.

—¿Cómo has conseguido el trabajo? Espero que no te pillaran dentro de la casa.

—No. Estaba en el lago y me encontré con

unos obreros que me dijeron que necesitaban más gente. Así que esta mañana me he venido para acá y he hablado con el jefe de obra.

—Sí, Zack comentó que habías trabajado en la construcción.

—Sí.

—¿Y en qué más? ¿No estuviste también de talador de árboles?

—Sí.

—¿Y de guía de río en Idaho?

Aquello no me gustó nada —contestó—. Demasiado turista gordo con cámara creyéndose en Disney World.

—Qué malo eres —rió ella—. ¿Me falta algo?

—¿Qué pasa? ¿Quieres referencias? ¿A qué has venido?

Julia se cruzó de brazos.

—Solo te estoy vigilando.

—No hace falta —contestó él duramente.

—Supongo que no. Parece que te las arreglas bien.

—Nuestro trato no incluye que seas responsable de mí —dijo Adam mucho más amable.

Julia se dejó llevar y se acercó a él, pero se paró al recordar que no eran pareja, solo amigos. Después de diez años, ya le podría haber dado tiempo de entenderlo en lugar de fijarse en cómo le quedaban los vaqueros.

—¿El trato sigue en pie?

—Claro.

—No sabía si llamar a tu madre para cancelar la cena.

—No.

—¿No quieres que lo haga?

—Lo digo por mi madre —contestó él—. No sería propio de ti decir que no vas a cenar en el último momento.

—Yo lo decía por ti —dijo ella controlándose para no saltar a sus brazos—. Eres tú el que no me quiere cerca —añadió en tono burlón dando dos pasos al frente—. No sé si tu maravillosa disciplina va a estar a la altura de las circunstancias. Esto de tenerme cerca, tentándote, podría ser estresante.

Adam se quedó de piedra. Fue a decir algo, pero ella se acercó y se colocó a pocos centímetros de su cara.

—Pero, como dices que no te importa, iré.

Adam le puso un dedo en la barbilla.

—Sí, vendrás.

Julia lo miró con los ojos entrecerrados pensándoselo dos veces. Su tono...

—Te desafío.

Cenar con los Brody siempre le había encantado. Se sentó junto a la tía Deliah, que era un poco sorda, y creía que era la novia de Adam. Julia la había corregido varias veces, pero se había dado por vencida, sobre todo, después de ver que él no decía nada. Solo la miró y enarcó una ceja en plan burlón.

Estaba recién duchado y miraba cada dos por tres por la ventana, como cuando era pequeño. Julia le dio un golpecito en el tobillo por debajo de la mesa.

—Tu tía te estaba preguntando qué tal tu nuevo trabajo.

—Muy bien, tía. Estoy en la construcción.

—Otro trabajo temporal —dijo su padre encogiéndose de hombros—. ¿No va siendo hora de que te busques algo fijo? Pronto llegará el invierno y...

—Para entonces me habré ido.

Julia sintió que se le caía el cuchillo de las manos.

«¿De qué te sorprendes? No hagas el ridículo. Continuas con tu aburrida vida sin él y ya está. Sabías que, tarde o temprano, se iría». Su madre lo miró resignada

—¿Adónde te vas esta vez?

—No lo he decidido —contestó él. Julia sintió que la estaba mirando y no levantó la cabeza—. Tengo que solucionar unos asuntos.

—Creí que te ibas a quedar para las vacaciones dijo Eve—. Julia, ¿no podrías convencer a Adam para que se quedara, por lo

84

menos, hasta Navidad?

Julia sonrió.

—¿Por qué me iba a hacer caso?

—Las novias saben cómo convencer a sus novios —contestó la tía Deliah.

—Para convencer a Adam me tendría que tirar desde una montaña.

Se hizo el silencio. Julia se mordió la lengua. Uy. Lo había dicho en voz alta, ¿no? Se metió un tenedor lleno de puré de patatas en la boca.

La tía Deliah se rió.

Sí, lo había dicho en alto. Como si fuera su novia y estuviera dispuesta a hacer lo que fuera para que se quedara.

Eve sonrió y le pasó los guisantes a Adam.

—Parece que Julia te conoce muy bien.

—Aquí nadie se cae de las montañas —contestó Adam sombrío.

—Ir por ahí arriesgando la vida es como la ruleta rusa, hijo —intervino Reuben Brody—. Dispara demasiadas veces y acabarás volándote la cabeza.

—Qué comparación tan horrible —comentó su madre.

Venga, papá...

—Ya me encargo yo de vigilarlo —anunció Julia—. Hemos estado yendo juntos todas las tardes a escalar... —sonrió al tiempo que Adam se moría de culpabilidad—... y estamos teniendo muchísimo cuidado. Se lo prometo.

Eve parecía aliviada.

—Sí, pero ¿cuánto durará eso?

—A este chico hay que domesticarlo —dijo la tía Deliah—. ¿Salsa de naranja?

—Sí —contestó Adam—. Está muy buena —añadió obviamente deseando cambiar de conversación.

Reuben asintió.

—Es cierto.

Vitamina A —dijo Adam.

—El amor de una buena mujer —dijo Eve mirando a Julia.

—Eso haría maravillas —dijo Reuben mirando a su hijo.

—Zanahorias y zumos —dijo Adam mirando al frente.

A Julia le pareció graciosa la situación, pero notó que el corazón se le aceleraba.

—A mi no me miren. Yo solo estoy aprendiendo a escalar. No domestico animales salvajes.

—Es fácil —dijo Eve mirando a su marido significativamente. Julia no se podía imaginar al bueno del señor Brody hecho un bala perdida.

—Lo único que necesita un animal salvaje es un poco de persuasión y de amor e irá a ti por propia voluntad —dijo Reuben mirando a su esposa con ojos cariñosos. Julia comprendió. Había sido Reuben quien había domesticado a Eve y no al revés. Claro que Adam había dejado muy claro que no necesitaba que nadie lo cuidara.

—A mí no me parece bien tener a los animales salvajes atados —dijo Julia observando su reacción. Sin embargo, Adam no hizo nada y siguió comiendo. Aquella era la conversación más rara que había tenido jamás en casa de los Brody.

—¿Postres? —preguntó Eve.

—Sí, chocolate, mucho chocolate —contestó la tía Deliah.

—Te ayudo a recoger —anunció Reuben. Ambos se levantaron y fueron hacia la cocina. Siempre habían sido una pareja ideal. Cariñosos y respetuosos, amigos, compañeros. Todo lo que ella quería.

Con Zack.

Miró a Adam con el corazón a mil por hora y el deseo cada vez más descontrolado... pero no hubo nada que hacer.

Porque, para variar, él estaba mirando por la ventana.

Julia estaba sentada sola en el balancín. Adam llevaba cinco minutos mirándola sin decir nada.

—Tenemos un problema —anunció ella—. Y creo que deberíamos hablarlo. Lo mejor es solucionarlo. Sobre todo, porque vamos a escalar juntos.

Adam no podía dejar de mirarla. La idea de que lo prefiriera a él, de que aquel encuentro hubiera sido algo más que un error terrible, le parecía increíble.

Se sentó junto a ella. Sus padres solían sentarse allí por las noches, en verano, se agarraban de la mano y se quedaban en silencio. Él los observaba desde la ventana y pensaba en la seguridad que le daba su familia.

Julia lo miró de reojo.

—El silencio es oro.

—Muy bonito. ¿Otro mantra?

Adam se echó hacia atrás, estiró las piernas y puso el brazo en el respaldo. Podría haber cerrado los ojos y haberse quedado allí para siempre, sin hablar, solo escuchando el sonido del río y la brisa que mecía las hojas, disfrutando de la cercanía de Julia.

Siempre la había deseado. Era algo visceral, una constante. Siempre se había negado el placer de recordar lo ocurrido o de imaginar lo que podía haber llegado a ser.

—Mira quién fue a hablar —dijo Julia—. Tú sí que eres de piedra.

—¿Yo?

Las otras veces que había vuelto a casa de sus padres, le había resultado más fácil mantenerse alejado de ella, pero esta vez estaba hablando más que nunca con ella, estaba pasando más tiempo que nunca con ella. Y no quería que se acabara. Quería abrazarla y saborear sus labios, quería besarla al atardecer, quería acostarse con ella bajo el cielo estrellado y que sus cuerpos se movieran al compás movidos por el ritmo de la Naturaleza.

—Lo último que debemos hacer es hablar —contestó enfadado consigo mismo por ser tan débil en lo que a Julia concernía. No podía negar sus sentimientos, sus instintos más primitivos. Eran demasiado fuertes.

—Te equivocas. Necesitamos…

«Ya está bien». Julia ahogó un grito de sorpresa cuando Adam la tomó de los hombros.

—Lo único que necesitamos es esto —dijo Adam con voz ronca antes de besarla con pasión y furia. La deseaba. Siempre la había deseado. Eso era lo único que importaba.

Tras los primeros instantes de sorpresa, Julia lo besó con la misma fuerza. El beso fue casi brutal. Se echaron uno en brazos del otro con diez años de frustración. Sus dientes chocaron y sus lenguas se encontraron. Adam la agarró de la cintura con fuerza y Julia se acopló a su cuerpo. Le puso una mano en un hombro y la otra en la nuca. Adam sentía sus pechos en el tórax. Tenía los pezones erectos como puntas de diamante y el corazón le latía a mil por hora, como a él. Sintió su desesperación salvaje, la percibió en su boca.

Él se sentía voraz. Ella estaba desatada. Juntos eran salvajes. Adam la tomó de las caderas y la apretó contra sí para que sintiera su erección. Se deslizó en el banco con ella encima moviéndose de manera sinuosa. Adam gimió y la agarró del trasero. A través de la falda, sintió sus braguitas y se le ocurrió tomarla allí mismo, en el suelo. Al fin y al cabo, era lo que ella quería. Acción, ímpetu y deseo.

Adam —gimió.

«Julia». Su nombre se repetía en su corazón, donde pertenecía.

Se merecía más que algo rápido. Y, desde luego, no en el jardín de sus padres.

—Espera —dijo Adam—. Julia, espera —le tomó la cara entre las manos—. Para.

Julia cerró los ojos.

—No te atrevas —dijo con los dientes apretados—. No te atrevas...

Adam le acarició las mejillas.

—No lo digas —dijo Julia abriendo los ojos—. ¡No soy un error!

Adam dudó.

Julia dejó escapar una exhalación y lo besó con fuerza.

—Bésame —le dijo—. Esto no es un error. ¿No te gusta?

Sí, claro que le gustaba. Por supuesto que le gustaba. Mientras Julia le daba besos por toda la cara, se dio cuenta de que la deseaba con su cuerpo, pero también con el corazón, lo que resultaba mucho más peligroso.

Se apartó de ella.

Julia apoyó la cabeza en su hombro.

—¿No te gusta?

—Claro que sí —suspiró.

—¿Pero?

—Ya sabes...

—Zack. ¿Cuándo te vas a dar cuenta de que él no tiene nada que ver en esto, que no tiene nada que ver conmigo?

—Pero, entonces, sí y nosotros... traicionamos su confianza.

—Adam, eso fue hace muchos años —dijo Julia irguiéndose.

—¿Tú no te sientes culpable?

—Entonces, sí, claro que sí.

—Entonces —dijo él apartándose.

—¿Es malo mirar al frente, seguir viviendo? ¿No es eso lo que tú hiciste?

«Literalmente, sí».

—Cuando te fuiste, lo intenté. Seguí con Zack, fingiendo ser la novia perfecta. ¿No lo entiendes? Fue... una tontería. Después de estar contigo, sabía lo que era sentirse viva. Quería sentirlo de nuevo aunque eso significara sentirme horriblemente culpable durante un tiempo.

—No se lo dirías a Zack...

—No, pero no me parecía justo, así que le dije que había otro chico que me gustaba y que no me sentía cómoda con la situación —contestó Julia—. Créeme, Adam. A Zack no le dolió mucho que lo dejáramos. Llevábamos meses mal.

Adam miró el río. La seguía deseando con todas sus fuerzas. Intentó no mirarla.

Había dejado a su hermano no solo por su traición sino porque estaba medio enamorada de él.

Aquello era nuevo. Su encuentro sexual no había sido para ella solo un error adolescente.

—¿Me estás diciendo que Zack y tú no habríais durado de todas formas? —preguntó esperanzado.

—No lo sé. Tal vez, habríamos seguido y nos hubiéramos casado.

Adam sintió un enorme dolor.

—Pero no habría durado.

Seguido de un gran alivio.

—Habría sido cómodo, pero no... satisfactorio —continuó Julia acercándose a él—.

¿Era eso lo que necesitabas oír, que no dejé a Zack por culpa tuya?

—Quiero la verdad.

Julia le acarició la mano.

—La verdad...

Adam esperó, pero ella no dijo nada más. Le pareció ver un brillo en los ojos de Julia, como si no se fiara de él.

Claro que era comprensible porque ya se había ido una vez y había dicho que lo iba a volver a hacer en cuanto pudiera. A pesar de la preciosa experiencia que habían compartido, Julia era demasiado prudente como para comprometerse con alguien tan inestable.

Adam giró la mano y entrelazó sus dedos entre los de Julia.

—Adam —murmuró—. No eres tan peligroso.

Capítulo Seis

El primer beso fue tímido. Apenas se rozaron los labios.

Adam no se lo podía creer. Julia quería que la besara. ¡Él!

Olía a flores. Cuando se inclinó para volverla a besar sintió su pelo en las mejillas. Le puso las manos, temblorosas, en los hombros. No sabía si podía tocarla, pero lo hizo. La besó y le acarició los brazos mientras se acercaba más a ella. Estaba tan cerca que sentía sus pechos y la oyó tragar saliva y emitir un débil gemido.

—Rubia —dijo oyendo su propio corazón a mil por hora—. Siempre he querido...

Julia abrió los ojos.

—Esto no está bien —dijo acariciándole el pelo. Suspiró con frustración y se lanzó contra él con una pasión casi violenta—. ¡Pero me da igual!

Adam no podía dejar de besarla.

—¿Y Zack?

—Entre nosotros esto no pasa —contestó Julia mirándolo con ojos tan desesperados como las manos que le quitaron la camisa—.Somos demasiado parecidos.

—Pero esto no está bien. Has dicho...

—No me importa —dijo ella pasándole un brazo por el cuello y echándose hacia atrás—. Me quiero arriesgar —añadió. Adam le besó el cuello y sintió los latidos de su corazón. Julia lo abrazó y echó los hombros hacia atrás mientras su boca bajaba hacia el cálido valle de sus senos—. Por una vez, quiero arriesgarme, como tú.

Y cayeron sobre la cama.

—Lo que sube, baja —dijo Adam con paciencia mientras Julia repasaba el equipo por enésima vez.

—Bajar da mucho más miedo —contestó ella moviendo los dedos. Tenía las manos tan frías que creía que le resultaría imposible sentir nada con las yemas de los dedos.

—Depende del destino.

Lo miró de reojo y vio que sonreía burlón. La estaba retando.

«Oh, Adam». ¿Cómo le podía gustar tanto? A menudo, se mostraba distante y solitario, llevaba el pelo mal cortado y no vestía bien. Aun así, tenía un atractivo sexual al que ella no era inmune. Julia llevaba cinco días sin ir a trabajar para ir a escalar con él.

—No es el destino sino la velocidad —dijo

ella—. No me da miedo caerme sino caerme con fuerza.

—No te preocupes. No voy a dejar que te caigas, Rubia.

«Esta vez», pensó recordando cómo se había despertado sola en la habitación de aquel motel y se había sentido como si se hubiera estrellado contra el suelo.

—¿Lista?

—Un minuto más.

—Cuanto más te lo pienses, peor —le dijo dándole una palmada en la espalda—. Venga.

Julia se encontró al borde del precipicio. Le pareció increíble que el ascenso le hubiera resultado relativamente fácil. Para él, resultaba muy fácil, obviamente. Desde lo de Thornhill, lo había estado vigilando muy de cerca y, como resultado, había ido haciendo progresos sin darse cuenta. Le estaba gustando mucho aquello de la escalada y estaba empezando a comprender lo fácil que era dejarse enganchar por la adrenalina.

Más alto, más escarpado, más difícil.

«Tócame, abrázame, bésame...»

Sacudió la cabeza. Hacer rapel era diferente. Depender de que la cuerda estuviera bien anclada arriba le parecía suficiente para asustar a cualquiera.

—Venga, Rubia, que no tenemos todo el día.

—Espera un momento que... —dijo poniéndose unos guantes. Al menos, las cosas entre ellos habían cambiado. Era como si los besos hubieran roto el hielo y pudieran moverse uno alrededor del otro con mayor soltura. En un sentido, era como si solo fueran amigos.

En otro, no.

Se metió el arnés por las piernas y recordó la impresión que le había provocado la primera vez que él se lo había puesto, a pesar de que lo había hecho de una manera de lo más profesional. Cada vez que se tocaban, salían chispas. Era un infierno esperar a que Adam comprendiera que no era tan arriesgada como él la había hecho ser.

—Bien —dijo tomando aire—. Allá voy —añadió tomando la cuerda y riéndose nerviosa—. No me sueltes.

Adam la miró a los ojos.

—No mires abajo.

Julia se echó hacia atrás para que el arnés recibiera todo su peso.

—Tengo que hacerlo. Quiero ver dónde voy.

—No. Mírame a mí. Son tus pies los que tienen que hacer el trabajo, no tus ojos.

Julia se concentró en su cara con tanta intensidad que sintió como un flujo de energía entre ellos. Poco a poco, Adam le contagió su confianza hasta que pudo ponerse en el filo y soltar un poco de cuerda.

Al oír soplar el viento, pensó en la gran distancia que la separaba del suelo.

—Mírame, Julia.

Ella asintió.

—Tú puedes. Venga —dijo Adam.

Obedeció, soltó cuerda y sintió que el estomago se le subía a la boca.

—Muy bien. ¿A que es increíble?

—¿Estás loco?

—Otra vez, pero suelta más cuerda.

—Es demasiado… demasiado…

—¿Divertido? ¿Liberador? Venga, ¿recuerdas cuando eras pequeña y te colgabas de la jaula de los monos con las trenzas al viento? Pues es así. Haz eso. Te tienes que poner casi en horizontal. Vamos, como una bailarina de ballet.

De acuerdo, como una bailarina de ballet. Se dejó caer un poco más. En breve, perdería de vista a Adam.

—¿Eres la misma madrina que quería desafiar a la muerte?

—Dama de honor —contestó Julia mientras le castañeteaban los dientes. Tenía que hacerlo—. Muy bien, allá voy.

Adam esperó. Julia no se movió.

—Te desafío —le dijo.

—No es suficiente —contestó Julia con todos los músculos doloridos.

—Tendrás una recompensa, pero muéve-
te. Como te tenga que bajar a pulso, no te
vuelvo a traer a escalar.

—Solo quiero una cosa y no me la quieres
dar —dijo ella.

—Lo que quieras, te lo prometo —contestó Adam.

Julia lo miró, abrió las manos y dejó pasar
la cuerda entre ellas, flexionó las rodillas, se
impulsó con los pies para distanciarse de la
pared y sintió la mayor libertad de movimientos que había sentido en su vida. Volvió a darse impulso contra la pared y bajó
así hasta el suelo con tanta adrenalina que
le parecía tener dentro todos los cohetes del
cuatro de julio.

—Yuuuu —gritó al tocar el suelo. Se quitó
el equipo y le gritó a Adam que podía bajar.

Vio su silueta recortada contra el cielo. Al-
zó un puño y le dijo algo, pero Julia no lo
oyó. ¡Era una escaladora! Y Adam estaba
con ella. ¿Podía haber algo mejor?

Adam bajó con agilidad y Julia corrió a
abrazarlo muerta de risa.

—Gracias por obligarme. ¡Ha sido increíble!

—Tú sí que eres increíble —contestó él.

—Me he sentido libre como un pájaro.

—Un pájaro con arnés y cuerdas. Me parece

que, al final, vas a tener que tirarte en paracaídas.

—Sí —contestó ella dándose cuenta de
que estaban abrazados. Le tomó la cara entre
las manos y vio que sus ojos se oscurecían.

Lo besó y él la dejó hacer. Julia sintió como
si le insuflaran oxígeno puro. Al parar de besarlo, abrió los brazos, miró al cielo y se rió.

Adam esperó a que se calmara mientras le
quitaba un par de mechones de pelo de la
cara.

—He creado un monstruo.

—¿Tú? —dijo ella moviendo la cabeza para que se le soltaran los mechones de nuevo—. De eso nada. Todo esto fue idea mía.

—Bien, así nadie me podrá echar la culpa.

—No busco nadie a quien echar la culpa
de nada.

—¿Y la semana que viene o el mes que
viene cuando me…?

Julia le puso una mano en la boca.

—Calla.

Adam asintió y Julia lo volvió a besar.

—Esta ha sido tu recompensa —dijo él.

—Yo no he dicho eso.

—¿No?

—¿Crees que estoy tan colada por ti? Me
parece a mí que las mujeres de esta ciudad
os han llenado la cabeza de pajaritos a los
hermanos Brody.

Adam la tomó entre sus brazos y la besó con tanta pasión que la dejó sin oxígeno en los pulmones. Julia lo abrazó y disfrutó del momento.

—Entonces, es la mía —dijo él.

—Toda tuya.

—Será mejor que nos vayamos. Se está yendo el sol.

—¿Y mi recompensa?

—No te pases.

—No es para tanto. Solo quiero que me invites a comer a tu cosa el día de Acción de Gracias —dijo ella. Seguro que su madre la habría invitado, pero quería que saliera de Adam. La gente se estaba dando cuenta de que pasaban mucho tiempo juntos y, si la invitaba a comer con ellos, sería como hacerlo público.

—Estás loca —contestó Adam—. Viene toda la familia y todo hijo de vecino que mi madre se encuentre en la calle. Además, Zack y Cathy van a estar.

—Sí pero ya te he dicho que apruebo su matrimonio.

—No me refería a eso.

—Entiendo —dijo ella quitándose los guantes. Estaba claro que Adam sabía igual de bien que ella lo que significaría invitarla.

—Voy a tener que hablar con Zack de esto —dijo Adam recogiendo las cuerdas.

«Por fin», pensó Julia nerviosa.

—Sí —dijo como quien no quería la cosa. No era cuestión de darle demasiada importancia aunque era una conversación que deberían haber tenido hacía diez años.

Adam vio que un cuerpo sudoroso se le venía encima como un saco de cemento. Fred cayó sobre él y ambos cayeron al suelo de la cancha de baloncesto.

—¿Estás bien? —se apresuró a preguntar Zack.

—Sí, no pasa nada —contestó Adam yendo hacia la banda con cuidado.

—Perdona, perdona —dijo Fred acercándose.

—Me parece que últimamente has estado haciendo demasiado ejercicio —apuntó su hermano.

—Solo he estado escalando un poco. Además, he ido al ritmo de Julia.

—Habrá que darle las gracias —musitó Zack.

—¿Qué has dicho?

Zack se encogió de hombros y fue hacia el banquillo. Su hermano lo siguió tras haber dicho a los demás que siguieran un rato sin ellos.

—¿Lo habías planeado todo? —preguntó Adam al llegar junto a Zack—. Debería haberme dado cuenta. Julia no es de las que, de repente, quiere escalar y tirarse en paracaídas.

—¿Por qué? Siempre ha hecho deporte.

—Tenis, animadora, golf, natación. Todo muy seguro —contestó Adam recordándola en pantalones cortos y calcetines con pompones—. Os debéis de creer que necesito que me cuiden —añadió sin rencor. Después de lo de Thornhill, se había dado cuenta de que no les faltaba razón.

—Te equivocas, Adam. Julia y yo no habíamos hablado. No, lo de escalar ha sido idea única y exclusivamente de Julia.

Adam tenía que creerlo porque su hermano nunca mentía.

—¿Por qué querría hacerlo? —se preguntó en voz alta.

—¿Por qué no se lo preguntas a ella? —dijo Zack.

—Sí, lo haré —contestó Adam. «Peligro, peligro».

—¿Qué tal se le da? No me la imagino.

—Muy bien —admitió Adam—. Cada vez lo hace mejor. He conseguido que confíe en sí misma y la verdad es que no me sorprendería que acabara tirándose en paracaídas.

Zack enarcó las cejas.

—¿De verdad? Ha cambiado mucho. La Julia que yo conocía era muy...

—¿Prudente?

—Sí, como yo —sonrió Zack—. Éramos demasiado parecidos.

Adam se encogió de hombros. No quería pensar en cuando eran novios a pesar de que era la oportunidad perfecta para destapar sus cartas.

—Me preguntó qué la habrá impulsado a cambiar.

«Yo, no», pensó Adam. «No puedo. Soy un gusano. Perdóname, Zack».

—Dice que fue tu boda —contestó Adam.

—No será por...

—No, no, no te preocupes. Ya se ha olvidado de ti.

—Eso ya lo sabía —contestó Zack—. Cathy no para de recordarme que ya no soy el rompecorazones de antes. Me parece que, en realidad, le gustaría que lo fuera.

Adam, se rió y le palmeó el hombro.

—Lo dudo.

—Háblame de Julia.

Adam se miró las manos.

—¿Qué tiene que ver mi boda con sus ganas de escalar?

—No lo sé. Me dijo que estaba aburrida de su vida y que quería cambios.

—¿Julia aburrida? Mmm. Puede ser, pero ayer me la encontré en la tienda de Cathy y estaba estupenda. Cathy también me lo comentó. Está radiante y... —se interrumpió y miró a su hermano.

—¿Qué? —dijo Adam.

—¿Qué es lo que pasa? Os habéis estado viendo mucho últimamente, ¿no?

—No hay nada… —Adam tragó saliva. Sí, había mucho.

—Si tú lo dices —sonrió Zack—. Mamá está encantada de que te quedes más tiempo que otras veces. No te sorprendas si soborna a Julia para que siga con las lecciones para siempre.

—Me voy después del día de Acción de Gracias —contestó Adam mirando a los demás jugar.

—Entonces, tendremos que hacer todo lo posible para que sea un buen día de Acción de Gracias —dijo Zack sombrío, pero sin protestar.

—Eh… Julia está invitada. ¿Te parece bien?

—Claro que sí.

Zack lo miró con curiosidad.

—¿La has invitado tú? —le preguntó medio en broma.

—No exactamente —contesta Adam—. Bueno, sí, más o menos.

—Bien —dijo Zack poniéndole la mano en el hombro—. Bien por los dos.

Adam respira aliviado. No lo había dejado todo completamente claro, como Julia quería, pero, de momento valía.

Volvió a la cancha abrazado a su hermano y sintiéndose mejor que en muchos años.

Las chicas se reunían en la tienda de Cathy de vez en cuando para hacer diferentes cursos. El que las ocupaba aquella tarde era de álbumes.

Cuando todas se fueron, Julia se quedó ayudando a Cathy. Quedaba un trozo de pastel, así que se sentaron a compartirlo.

—Vas a tener que escalar los acantilados Thornhill para bajar esto—bromeó Cathy.

—Me encantaría, pero Adam no quiere.

—Qué raro.

Julia se chupó los dedos.

—Supongo que será por las lesiones —añadió Cathy—. O porque se preocupa por ti. Le importas. ¿Ha pasado algo entre vosotros? Me muero por saberlo, pero, como no puedo preguntar nada delante de las demás...

—Te agradezco enormemente tu discreción. Si Gwen se enterara, toda posibilidad se iría al garete. A Adam no le gusta que hablen de él.

—¿Así que tienes alguna posibilidad?

Julia no contestó.

—¡Lo sabía!

—Te quiero contar una cosa, pero no se lo

digas a Zack —dijo Julia clavando las uñas en el borde de la mesa—. Sé que no debería pedirte que tengas secretos con tu marido, pero no quiero que se lo diga Adam.

—No sé...

—Es complicado, más de lo que parece —le explicó Julia. Cathy le dejó hablar. En el año que llevaba en Quimby, se había convertido en su mejor amiga, pero había compartido aquel secreto solo con Adam durante tanto tiempo que era como si existiera un acuerdo tácito entre ellos de no revelarlo jamás.

Aun así, confiaba en Cathy. Además, necesitaba hablarlo con alguien, confesar su pecado y ver si a Zack le importaba.

Si alguien lo sabía, era su mujer.

—Engañé a Zack con Adam —dijo por fin.

Cathy ahogó un grito de sorpresa.

—Hace diez años. El diecinueve de julio, el día que cumplía dieciocho años.

—Oh, Julia... —dijo Cathy en tono cariñoso.

—¿No me odias?

—¿No me vas a contar nada más?

—Esos son los hechos esenciales. A partir de ahí, todo fueron excusas —contestó—. Sé que Adam... opina lo mismo. Engañamos a su hermano. No hay perdón para eso.

—¿Cómo que no? Ha pasado mucho tiempo.

—Zack es tan bueno y tan decente.

Cathy asintió.

—Sí. Por eso, precisamente, os dará la oportunidad de explicaros.

—Eso lo tendríamos que haber hecho entonces, pero Adam y yo hicimos como si no hubiera pasado nada —sonrió Julia—. Como si pudiéramos llevarnos como antes de que sucediera.

—No lo entiendo. ¿Por eso lo dejasteis Zack y tú?

—Sí. Más o menos. Reuní el valor para decirle que me gustaba otro chico. Los dos nos habíamos dado cuenta de que —no éramos la pareja perfecta que todo Quimby creía.

—Cuéntame cómo fue.

—Zack y yo llevábamos saliendo dos años. Yo creía que estaba enamorada de él, pero era una adolescente... —sonrió—... más impulsiva y emocional que ahora. Creo que, en realidad, estaba enamorada de su casa y de su familia, aunque también lo quería a él, por supuesto. Bueno, la cosa es que yo me acababa de graduar en el instituto e iba a ir a la misma universidad que Zack. Aquel verano, cumplí dieciocho años y... seguía siendo virgen.

—¿Estamos hablando del mismo Zack Brody?

—Me respetaba.

—Pobrecita.

Julia asintió.

—Yo creía que era decente conmigo, pero, si lo piensas, aquel año, habíamos estado separados porque él estaba en la universidad y yo, en Quimby. Aun así, no hicimos el amor al reencontrarnos. Aquello tendría que habernos dado otra pista de que algo no iba bien entre nosotros. No me malinterpretes. Habíamos experimentado. Zack besaba de maravilla.

—Lo sigue haciendo.

—¿No estarás celosa?

—No, claro que no. He oído tantas cosas sobre Zack... —sonrió Cathy—. Además, estoy casada con él —añadió tocando la alianza.

—Era muy joven, pero no ingenua. Me había fijado en Adam. Había algo en él... —se interrumpió y con mirada evocadora lo recordó entonces, salvaje y lleno de energía—. Para ser sincera, fue él quien me llevó a querer dejar de ser virgen. El día de mi dieciocho cumpleaños decidí darle una gran sorpresa a Zack. Organizamos una fiesta con los amigos, pero yo reservé una habitación en un motel para después. Cuando la fiesta estaba terminando, me fui para prepararlo todo. Había llenado la habitación de velas, en fin... Dejé una llave para Zack.

—Uy, uy —dijo Cathy comprendiendo. Julia asintió.

—Apareció Adam. Yo le había dejado la llave a Allie, pero se tomó demasiadas copas y estaba vomitando en el baño. Ella se la dio a Fred y las cosas empezaron a complicarse.

—Así que apareció Adam. Pero se daría cuenta de que tú no querías seducirlo a él, ¿no?

—Sí.

—¿Pero...?

—Bueno, los dos habíamos bebido un poco y entre nosotros había una química especial difícil de controlar. Le dije que su hermano y yo no éramos la parejita ideal que todos creían y... —Julia se tapó la cara con las manos—. Bueno, imagínatelo, dos adolescentes en un motel. Nos besamos y, una vez que empezamos, no pudimos parar.

—Madre mía. Y eras virgen.

—Y Adam, también. Fue una experiencia maravillosa. Un buen regalo de cumpleaños.

—¿Y qué pasó luego?

—¿Qué iba a pasar? Remordimientos, vergüenza y culpa.

—Oh —dijo Cathy considerando los hechos—. Oh, pobre Zack...

—Adam estaba peor incluso que yo por lo que habíamos hecho. Adora a Zack, así que traicionarlo, fue... —Julia se encogió de hombros—. Ni siquiera ahora sueña con que su hermano lo perdone, así que él tampoco se puede perdonar a sí mismo. Lleva torturándose desde entonces.

Cathy le tomó las manos a Julia, que estaba temblando.

—A Zack le habría dolido, seguro, pero si no os queríais de verdad... Zack tiene una enorme capacidad de perdón. ¡Ni siquiera siente resentimiento por Laurel y yo le sacaría los ojos! Seguro que entenderá lo que ocurrió entre vosotros. Erais jóvenes, no lo pensasteis, fue un error.

«No fue un error. Han pasado diez años y sigo recordando una y otra vez cómo fue hacer el amor con Adam».

Sus pensamientos se vieron interrumpidos por alguien que llamaba a la puerta.

Zack. Zack... guapo, ingenuo, sonriente y saludando con la mano.

Julia se quedó pálida.

Capítulo Siete

«Perdóname», pensó Adam. Fue lo último que pudo pensar porque la pasión de Julia encendió en él todo el deseo que sentía por ella.

Su mejor fantasía se había hecho realidad.

Julia lo deseaba.

Y habían ido demasiado, lejos como para echarse atrás.

Deslizó las manos por el cuerpo de Julia y ella se arqueó y colocó sus largas piernas entre las de Adam. Él le tocó el muslo. Qué piel tan suave tenía. Y él la estaba tocando, besándola.

¡Aquello era una locura!

Julia le besó el pecho apasionadamente. Adam se apoyó en los codos para ir en busca de su boca. Necesitaba poseerla. Se volvieron a besar y todas sus preocupaciones se desvanecieron. Terminaron de desnudarse y se entregaron a la más maravillosa de las sensaciones.

—Es Zack —dijo Cathy—. ¿Qué digo? Me va a notar en la cara que pasa algo.

—Nada, no digas nada. Me han invitado a pasar el día de Acción de Gracias en casa de los Brody, así que Adam habrá hablado ya con él para explicárselo.

—Pero cómo voy a...

—No tienes que mentir. Simplemente, no digas nada. Como si fuera un secreto de confesión.

—Lo intentaré —dijo entre dientes antes de abrir la puerta.

En cuanto lo hizo, Julia agarró el bolso y el abrigo y salió corriendo.

—¡Hola, Zachary! Me voy corriendo. ¡Hasta luego!

—Eh, ¿por qué tienes tanta prisa?

—Tengo que devolver una película de vídeo.

—¿Era buena?

—*Salto al vacío.* Ya sabes que me gustan —«los escaladores»—... Sylvester Stallone.

—Sí —contestó Zack dándole un beso a su mujer—. Perdona por llegar tarde, Cath, pero el partido se prolongó más de lo previsto. Al final, Adam dijo que ya no podía más y que se iba a dar un baño de burbujas. Fred se le cayó encima, ¿sabes?

Julia se giró bruscamente ya en la calle.

—¿Le ha pasado algo? Está bien, ¿no?

—Sí, pero si quieres ir a verlo...

—Sí... Digo no. ¿Para qué? No hay necesidad. Bueno, yo ya me iba, ¿eh? —contestó cruzando la calle.

—¿Os habéis fumado algo? —le dijo Zack a Cathy justo antes de que Julia se metiera en su coche—. Julia no es la de siempre.

La casa de Evergreen Point estaba sumida en el más absoluto de los silencios.

Julia subió por los escalones enmoquetadas. Si Zack no le hubiera dado la pista, jamás habría sospechado que Adam estuviera allí. Su coche no estaba a la vista y no había ninguna luz encendida.

Se paró a escuchar. Nada. Tal vez, Zack se hubiera confundido. Se volvió a parar a la entrada del dormitorio principal. Se frotó las manos ante el frío de noviembre. «¿Por qué estoy haciendo esto?»

Porque quería estar con Adam. Día y noche. No paraba de pensar en él.

La puerta del baño estaba entreabierta. La empujó un poco. No se oía nada. Percibió su olor. Solo una brizna fue suficiente para que su cuerpo se pusiera alerta. ¡Estaba completamente excitada y todavía no había visto nada!

Asomó la cabeza. La luna se reflejaba en el mármol blanco de las paredes. Con razón no había ninguna luz encendida. No hacía falta.

Se veía todo.

La ropa tirada en el suelo de cualquier manera y la bañera llena, pero sin burbujas.

El agua estaba en calma y muy caliente, a juzgar por el vapor, con un hombre desnudo dentro.

Adam tenía los ojos cerrados.

Julia no se movió. Lo miró. Parecía tranquilo y relajado. Julia se acercó sin hacer ruido. Él ni se inmutó. Tal vez, estuviera dormido. Decidió despertarlo antes de que se cociera. «Sí, pero después de haberle echado un buen vistazo».

De la cara, bajó la mirada, pero solo le veía los hombros y una parte del pecho. El resto de su cuerpo estaba sumergido. ¿Qué pasaría si lo tocara muy delicadamente?

Se inclinó sobre la bañera y metió un dedo en el agua.

—¿Qué buscas?

Julia se quedó de piedra. Se giró lentamente hacia él.

Adam había abierto los ojos y la estaba mirando con ardor. En un rápido movimiento la agarró de la muñeca.

—A ti —contestó. «Llevo diez años buscándote», pensó.

—Muy bien —dijo él soltándola—. Pues aquí me tienes. ¿Qué vas a hacer conmigo? —añadió echando la cabeza hacia atrás sin dejar de mirarla.

Lo miró de arriba abajo.

—¿Buscas cicatrices?

—No —contestó Julia.

—Entonces, ¿por qué me miras así?

—Porque estás desnudo.

—Suelo desnudarme para bañarme, sí.

—Sí —sonrió ella—. Yo, también.

Adam enarcó las cejas.

—¿Quieres acompañarme?

—Creo que... eh... creo que...

—No pienses. Solo contésta.

—¿Te has hecho daño?

—¿De dónde te has sacado eso?

—Zack pasó por la tienda de Cathy y dijo que...

—Mi enfermera.

—¿Has estado utilizando el hidromasaje?

—Me alivia los dolores, pero no me pasa nada —le dijo extendiendo el brazo—. Ven, te lo puedo demostrar.

Julia se apartó.

—No me tienes que demostrar nada. Solo he venido a... eh... ver si estabas bien. Vuelve a... tu meditación.

Adam sonrió, cerró los ojos y comenzó a respirar con serenidad.

A Julia los siguientes minutos se le antojaron los más largos de su vida. Él ni se movía y ella estaba hecha un manojo de nervios.

Pasó otro minuto.

Bueno, lo último que se esperaba era que la ignorara, pero...

De repente, Adam sacó una mano del agua y la volvió a tomar de la muñeca. La acercó hasta que estuvieron cara a cara. Julia se sonrojó y sintió que se derretía por dentro.

—Estabas buscando cicatrices —dijo él—. ¿Me levanto para que las puedas ver bien?

Adam, no digas tonterías. ¡No me interesan las cicatrices!

Él no dijo nada, pero la miró con dureza. Estaba claro que no la creía. Julia se dio cuenta de que el accidente había dañado también su ego y que le iba a costar un tiempo recuperarse.

—Te estaba mirando —confesó roja como un tomate—. Estaba... —se interrumpió y se mojó los labios—... admirando tu cuerpo —concluyó con voz ronca.

Ah dijo él.

Julia se arrodilló junto a la bañera creyendo que la iba a soltar, pero no fue así. Le tocó el pecho.

—Tienes un cuerpo muy bonito —dijo ella—. Suéltame —añadió haciendo círculos alrededor de uno de los pezones.

—Pero no te muevas.

Aquí me quedo, te lo prometo —contestó Julia jugueteando con el otro pezón.

Adam tomó aire y la agarró más fuerte de la muñeca.

El agua debía de estar muy caliente porque

todavía salía vapor. Julia tenía el pelo pegado y gotitas de sudor sobre el labio superior, en el cuello y entre los pechos. Por dentro, se estaba derritiendo. No se podía quitar de la cabeza la idea de desnudarse.

—Suéltame.

—No —contestó él agarrándole la otra mano y acercándola a su boca.

—Me voy a caer.

—Yo te recojo.

Julia lo miró a los ojos antes de besarlo. Sus labios se tocaron con ternura, quizás amor, y sus lenguas jugaron al compás de gemidos y risas.

Adam la soltó y los besos se convirtieron en encuentros apasionados. Julia apoyó las manos en el pecho de Adam y se concentró únicamente y exclusivamente en besarlo.

Al final, tuvieron que parar para tomar aire.

—Te estás mojando —le dijo él.

—Sí, desde luego.

—La chaqueta.

—Sí —contestó ella quitándosela sin prestar mayor atención.

Adam le desabrochó el cuello de la camisa.

—Quítate esto también.

Julia lo miró.

—¿Estas seguro? —le preguntó mientras se desabrochaba el resto de los botones.

—Ahora, sí —contestó él mirando su sujetador de encaje blanco.

—¿Quieres más? —dijo Julia bajándose los tirantes.

—Ya lo hago yo —dijo él acariciándole la cintura. Julia apoyó los antebrazos en sus hombros y se inclinó hacia él muerta de deseo.

Adam se metió más en el agua haciendo que el sujetador se mojara por completo y los pezones quedaran marcados a través de la tela. Adam los saludó con la lengua.

—Quítamelo —suplicó Julia—. Ya.

Adam se rió.

—Siempre fuiste una mujer recatada —contestó obedeciendo.

La desnudez no le pareció suficiente. Quería sentir su boca.

—Ya, no —contestó Julia metiéndose en la bañera hasta las rodillas. Lo único que tenía fuera eran las botas.

—¿No habías dicho que te desnudabas para bañarte? —bromeó él.

—Eres una mala influencia.

—No me eches la culpa a mi. Yo he seguido las instrucciones adecuadas y me he desnudado antes de meterme en el agua.

—¿Sí? A ver —dijo Julia metiendo la mano en el agua y encontrando la erección. Lo acarició con suavidad—.

—Para —contestó él echando la cabeza hacia atrás—. Quítate los vaqueros.

Como estaban empapados, tuvo que sentarse en el borde de la bañera para quitárselos. Adam se acercó por detrás para ayudarla, pero las manos se le iban a sus pechos como un imán.

—Me alegro mucho de que hayas hablado con Zack —dijo encantada.

Adam siguió lamiéndole la espalda y no contestó.

—No es que nos tuviera que dar permiso, pero... —se interrumpió de repente—. Habéis hablado, ¿verdad?

—Sí.

—Menos mal.

—Zack sabe que vienes el día de Acción de Gracias.

—¿Porque tú me has invitado?

Adam asintió.

—Por algo se empieza —dijo ella—. ¿Le has contado lo de... hace diez años?

—Todavía, no.

—Si no lo haces tú, lo haré yo. Esta vez no pienso sentirme culpable, como si esto fuera un error.

—Rubia...

—No quiero hacerlo —contestó Julia.

—¿Por qué?

—Hasta ahora, has sido tú el que no quería. No sé por qué, de repente, una invitación para ir a comer a tu casa cambia las cosas.

—No las cambia, pero tu cuerpo, sí.

—¿Así que solo es deseo?

—Deseo mutuo, ¿no?

—¿Y tus principios sobre Zack? ¿Si te acuestas conmigo no estarías repitiendo el mismo error que hace diez años?

Adam se apartó y Julia sintió la fría bañera en la espalda.

—Tienes razón. Es agua pasada —dijo.

Julia no lo creyó. Para tener una relación en toda regla, tener la bendición de Zack importaba y mucho. Adam se había olvidado momentáneamente, pero, cuando se diera cuenta, se iba a arrepentir y ella no quería ser la culpable de peleas entre los hermanos.

—Lo dices porque ahora mismo solo piensas en acostarte conmigo —le dijo intentando no llorar.

—Sé controlarme...

¿Y eso qué quería decir? Julia sintió gotas de agua en los hombros cuando Adam se puso de pie en la bañera y agarró una toalla.

—Sé perfectamente lo que hago, pero también sé aceptar un no.

De reojo, Julia vio que tenía cicatrices. Se le encogió el corazón, pero no demostró compasión.

Por la brusquedad con la que Adam se estaba vistiendo, Julia comprendió que no iba a pasar nada más, así que buscó su sujetador en el agua. ¿Se pondrían de acuerdo algún día?

Cuando Julia llegó a casa, el teléfono estaba sonando.

—¿Sí?

Ah, estás ahí. Creía que me iba a saltar el contestador —dijo Cathy—. Supongo que eso quiere decir que la cosa no ha ido bien.

—Bueno... eh, ¿a qué te refieres?

—Venga, no finjas. En cuanto te vimos salir a toda velocidad, Zack y yo supimos que ibas a buscar a Adam.

—¿Se lo has contado a Zack?

—No, pero no sé cuánto voy a aguantar. Verás, cuando nos conocimos, le mentí sobre quién era y nos prometimos no mentirnos nunca más. Me siento muy mal.

Adam se lo va a decir, te lo aseguro.

—Pues que se dé prisa porque no sé lo que voy a aguantar de cómplice del... del...

—Crimen —suspiró Julia. Por mucho que huyera, Adam estaba encerrado en una cárcel interior. Como ella.

—Zack es benevolente. Lo entenderá —le aseguró Cathy.

Julia no dudaba de ello. Lo que veía difícil

era convencer a Adam de lo que valía. Una vez que lo hiciera...

Serían libres y podrían volar juntos.

Le rogó a Cathy que le concediera unos días más antes de colgar y quedarse mirando por la ventana preguntándose si podría dormir.

Benny y Bonnie Knox no eran muy amigos de las fiestas. Aquel día de Acción de Gracias lo iban a pasar en Tennessee en una feria de anticuarios.

En casa de los Brody, por el contrario, se respiraba ambiente muy festivo. Los hombres estaban reunidos viendo un partido de fútbol americano, las mujeres estaban en la cocina hablando de la cena y los niños corriendo por todas partes. Se sentaron a la mesa y todos recibieron a Zack y al pavo de diez kilos con exclamaciones de asombro. Reuben bendijo la mesa y sirvió a todos los comensales.

Julia estaba encantada.

Adam, no.

Aquello era lo que ella quería. No era que él no encajara, no. Habló de fútbol, divirtió a los niños, le prestó su bici de montaña a un primo adolescente e incluso ayudó en la cocina.

Pero Julia no estaba convencida. Lo vio

mirando el río y supo que preferiría estar en una piragua que allí. Cuando se rió de los chistes del tío Brady, no estaba pensando en lo que la azafata le decía al piloto sino en saltar del avión.

No podía cambiar aquello y, aunque hubiera podido, Julia no habría querido hacerlo. Así que lo único que podía hacer era unirse a él. Tenía que dejar a un lado su necesidad de seguridad y seguirlo por montañas, lagos, ríos y mares. La idea le gustaba, pero le daba miedo.

Lo miró y él le devolvió la mirada.

Después de comer, Zack sacó a todas las mujeres mayores de la cocina y les aseguró que ya habían hecho suficiente. Todas se lo agradecieron mil veces antes de irse y le dijeron a Cathy que tenía un tesoro como marido.

—¿Se puede saber por qué los hombres os lleváis tantos halagos cuando solo hacéis la décima parte de las cosas de la casa?

—¿Porque, de lo contrario, haríamos todavía menos? —bromeó Zack.

—Nuestros hijos van a criarse en democracia. Los niños van a tener que ocuparse de la casa igual que las niñas —apuntó Cathy.

—Me parece bien —contestó él—. Y las niñas se encargarán también de cortar el césped, sacar la basura y lavar el coche… —añadió mirándola significativamente. Cathy se río y apoyó la cara en su pecho.

Julia miró hacia otro lado. Sabía que Zack y Cathy se habían conocido lavando el coche.

En ese momento, entró Adam con los restos del pavo.

—¿Qué pasa aquí?

—Tu hermano y tu cuñada están teniendo un momento de intimidad.

—Eh, en la cocina nada de sexo, ¿eh?

Cathy se sonrojó de pies a cabeza.

—No me digas nada —bromeó Adam—. No quiero saberlo.

—Sí, él es un chico de lo más natural —apuntó Julia vaciando los platos en la basura.

—¿Quién?

—Tú, por supuesto. Zack es civilizado.

—¿Desde cuando acostarse con alguien en la cocina es más civilizado que hacerlo al aire libre?

—Cállate, Adam, que te puedo.

—En la cocina, puede que sí...

Zack fue por él y lo empujó contra la nevera en plan de broma.

—Siempre has sido una comadreja con secretos.

—Y tú siempre fuiste demasiado recto como para entender el valor de un buen ataque de serpiente —contestó Adam cambiando de expresión.

Julia sabía lo que estaba pensando y Cathy,

125

también porque, sin mirarse, ambas dejaron las esponjas en el fregadero y salieron de la cocina.

—¿Qué ha pasado? —dijo Zack—. Eh, chicas, que hay que fregar los platos.

—Hazlo tú, que para eso tienes tanto musculito —contestó Cathy.

—Pero, bueno, ¿tú te crees? —le dijo Zack a Adam.

—Ha sido una indirecta muy sutil.

—Muy sutil para mí me parece —contestó Zack fregando los platos—. No la he pillado.

—Se supone que ha llegado el momento de que hablemos y arreglemos las cosas.

—No sabía que hubiera nada mal entre nosotros.

Adam se quedó en silencio un rato.

—Es sobre Julia y yo.

Zack se encogió de hombros.

—¿Crees que no sé lo que hay entre vosotros? Pero si lo sabe toda la ciudad...

—¿Ah, sí?

—Ya sabes que la gente habla mucho.

Adam carraspeó.

—Hay algo más.

—Bueno, ¿por qué no vas directo al grano? —le dijo Zack dándose la vuelta.

Julia y yo... Nos gustamos desde hace mucho tiempo.

—¿Desde cuándo?

Adam tomó aire.

—Desde hace más de diez años.

—¿Diez años?

—Sí.

—Ya —dijo Zack volviendo a girarse hacia el fregadero mientras hacía cálculos— Entonces, Julia salía conmigo.

—Sí.

—Vaya, no me di cuenta —dijo volviéndose hacia su hermano—. Cuando Julia me dejó, me dijo que había otra persona. ¿Eras tú?

Adam asintió.

—Pero si ni siquiera estabas aquí. Aquel verano te fuiste a Montana, ¿no? Cuando Julia y yo nos fuimos a la universidad, tú no habías vuelto —añadió—. Ahora lo entiendo. Te fuiste por eso, ¿no?

—En parte.

Zack no estaba enfadado sino confundido. Julia y tú habéis tenido diez años para estar juntos. ¿Se puede saber qué os lo ha impedido?

—Yo, supongo. Y tú.

—¿Creías que me iba a enfadar o que iba a estar celoso? Mira, Julia y yo solo somos amigos... desde hace años.

—No es eso —admitió Adam—. Es que me siento culpable.

—Fue hace diez años. Ya va siendo hora

de que lo superes —se rió Zack—. Entiendo que te gustara Julia. Es...

—Fue algo más —lo interrumpió Adam—. Fuimos más lejos —añadió. Ya estaba, lo había dicho.

Observó cómo su hermano entendía lo que le estaba diciendo.

—¿Me estás diciendo que Julia me engañó con mi propio hermano?

Adam hizo una mueca. La verdad era horrible... espantosa.

—Solo una vez —se justificó Adam— y, luego, me fui.

—Por eso te fuiste tan de repente.

—Sí. Pensé que os iría bien si yo no estaba cerca.

Zack sacudió la cabeza.

Julia nunca continuaría una relación que no funcionaba —rió—. Y, desde luego, estaba claro que la nuestra no funcionaba.

—Perdón.

—Me lo tendrías que haber dicho antes —le espetó Zack enfadado.

Adam tragó saliva.

—Lo sé. He sido un cobarde.

—Maldita sea. Esto me ha pillado por sorpresa. Necesito tiempo para asimilar que Julia y tú... Vaya, ¡debí de estar ciego!

—Perdón —repitió Adam sin saber qué más decir.

—Acepto tus disculpas. Puede que lo entienda y todo, pero necesito tiempo para hacerme a la idea...

—Sí, claro —dijo Adam yendo hacia la puerta. La decepción que había visto en los ojos de su hermano lo estaba matando. Tenía que irse—. Perdón, perdón —añadió. «Perdón, perdón, perdón...» Llevaba años queriendo pedirle perdón, pero no le parecía suficiente.

Al otro lado de la puerta, Cathy y Julia habían oído toda la conversación y tenían lágrimas en los ojos.

Al oír la puerta de atrás, Julia supo que Adam se había ido. Sabía que iba a ocurrir y, quizás, fuera lo mejor.

—Todo se solucionará —dijo Cathy—. Zack lo perdonará.

—¿Y a mí?

—También, por supuesto.

—No sé si me va a servir de algo —contestó Julia con lágrimas rodando por las mejillas.

Capítulo Ocho

—¿Estás segura? —le dijo Adam al oído.

Julia asintió.

—Dímelo —le dijo él abrazándola con fuerza. —Sí —contestó ella apretándose contra su erección y muriéndose por sentirla dentro—. Te deseo, Adam.

Adam sintió las manos de Julia en la espalda y se inclinó sobre ella besándole los pechos y haciéndola gemir de placer. Él también la tocó y experimentó una ráfaga de descargas eléctricas. Julia separó las piernas sin dudarlo invitándolo… no, exigiéndole que la poseyera.

—Ahora —dijo Adam introduciéndose en su cuerpo.

Julia sintió la suavidad de sus movimientos y un instante de dolor ante el que su cuerpo se quejó instintivamente.

Adam se paró y lo miró.

—Julia, ¿no serás…?

Julia le acarició la cara.

—No hay problema. Quiero seguir.

Adam pareció pensárselo.

Vamos, sigue. Me… encanta —dijo mientras lo volvía a sentir dentro de su cuerpo.

—No me puedo creer que esto esté ocurriendo —dijo él antes de besarla con ardor.

—Podrías haber recurrido a mí por una vez —dijo Julia acercándose a Adam.

Él la había oído llegar al pinar, aparcar el coche y llamarlo a gritos. No le costó mucho ver el fuego que había hecho.

—Podrías haber venido a mí por una sola vez, para variar —repitió al llegar a su lado.

—Ya lo hice una vez y no salió muy bien —ironizó él.

—Eso depende de cómo lo mires.

—Pregúntale a Zack a ver qué le parece a él.

—Tendrías que haberte quedado. He estado hablando con tu hermano y no está enfadado con nosotros. Sabe que no lo hicimos para hacerle daño y...

—Lo sé... sé que Zack me perdona. Él es así, pero...

—¿Lo que te cuesta es perdonarte a ti mismo?

—No. Eso sería muy sencillo.

Julia se arrodilló junto al fuego.

—Explícamelo, por favor.

—Adam suspiró y estuvo un buen rato en silencio, pero ella esperó porque ya no podía más, necesitaba poner fin a aquella situación tan angustiosa que duraba ya demasiado tiempo.

—No es solo por ti. También es por Laurel. Julia apretó los puños. No se esperaba aquello, pero, pensándolo bien, tenía sentido. Los hermanos se habían peleado por ella. Seguramente, lo que Adam sentía por Laurel era mucho más complicado que lo que sentía por ella. Aquello le dolió inmensamente.

—¿Qué paso con Laurel? Solo sé que os peleasteis por ella.

—Fue culpa mía. Yo estaba saliendo con Laurel...

Julia se concentró en su voz y decidió ignorar el dolor que le producían sus palabras.

—Y ella me hizo creer que también estaba con Zack. Perdí el control, lo acusé de robarme a mi novia. Qué ironía, cuando yo había hecho lo mismo. Nos peleamos y Zack me advirtió que tuviera cuidado con Laurel y con sus mentiras. Yo estaba cegado y no le hice ni caso.

—Si la deseabas, ¿por qué la dejaste?

—Entonces, nada de esto era tan obvio. Entonces, no sabíamos los motivos que la movían. Supuse que perderla y que se fuera con Zack era un castigo justo para mí.

Julia tembló.

—Entonces, ¿sigues sintiendo algo por ella? —preguntó Julia. No se le ocurría castigo peor para ella que perder a Adam para que se fuera con la mujer más egoísta y repugnante de Quimby.

—Sé cómo es —contestó Adam—. No, ya no me interesa. Aquello fue una locura pasajera.

«Gracias a Dios», pensó Julia.

—Decían que estaba embarazada…

Adam asintió.

—Me enteré meses después, cuando Zack estaba conmigo en Idaho durante mi recuperación.

—¿Te habrías casado con ella si lo hubieras sabido antes?

—Sabes que no soy tan noble como Zack.

—De eso nada y, además, eso no contesta a mi pregunta.

—Bueno… no sé lo que habría hecho. Siento mucho que perdiera el bebé. Tal vez, la maternidad la habría cambiado… No, no me habría casado con ella. La habría ayudado con el crío, pero no me habría podido casar con ella.

—No sé cómo pudiste salir con ella.

—¿No lo sabes? Pues a mí me parece bastante obvio.

—¿Ah, sí?

—Vamos, Rubia. Laurel era lo más parecido a ti que podía tener.

Julia tomó aire.

—¿Me estás insultando?

—No, me refería a superficialmente.

—Laurel es todo superficialidad.

—Sí, pero es simpática cuando quiere.

—Tienes razón.

—En el instituto, a todos los chicos nos gustaban dos chicas: Laurel y tú. La morena y la rubia, la mala y la buena. A esa edad, no sabes distinguir entre perversidad y unas buenas... piernas.

—¿Unas buenas piernas?

—Sí, aparte de otras partes del cuerpo que tampoco estaban nada mal.

—Perdona, Brody, pero la excusa de las hormonas de la adolescencia no te sirve. Ya eras mayorcito cuando te liaste con ella.

—¿Recuerdas cómo fue? Vino a descansar tras seis días en Canadá. Salimos la pandilla. Tú llevabas una faldita con una cremallera y una blusa transparente.

—Era la moda de entonces. Te aseguro que llevaba sujetador.

—Sí, claro. Estabas para comerte, de verdad. No te podía quitar los ojos de encima.

Julia lo miró.

—¿Qué llevaba Laurel?

—Y yo que sé.

Julia se rió.

—Nos pusimos a jugar a «Beso, atrevimiento o verdad». ¿Te acuerdas?

Julia asintió. Claro que se acordaba. Recordaba la mirada de Adam en la mesa. Fue como si no existiera nada más. Pensó que, por fin, iba a ir por ella.

—Me preguntaron por la primera vez y, por supuesto, me negué a contestar. Así que elegí atrevimiento.

—Tú siempre elegías atrevimiento.

—Y me tocó besar a la chica más guapa de la mesa.

—Qué juego más tonto.

—No podía besarte.

—¿Por qué no?

Julia lo estaba reviviendo todo. Era sábado por la noche y la pandilla se estaba comportando como si fueran todos adolescentes, hablando alto y riendo sin parar. Al ver que Adam aceptaba la prueba del desafío, Julia había sentido que todas las células de su cuerpo se derretían. Él se levantó y fue hacia ella... pero terminó besando a Laurel.

—¿Por qué no me besaste a mí?

—Porque besarte a ti no era un juego, era muy serio.

Julia se acercó más al fuego.

—No sé que tiene que ver todo esto con que terminaras saliendo con Laurel.

—Ella no sabía que era segundo plato o no le importaba porque yo le venía muy bien para llegar a Zack. La cosa es que aquella noche se me insinuó y, como tú...

«Estupendo. Así que se había acostado con Laurel porque no podía estar con ella». Aquello no le pareció un halago en absoluto, pero demostraba que nunca había dejado de desearla.

—¿Podríamos dejar de hablar de tus ex?

—Has empezado tú.

—Ya, bueno, pero ya está bien. A ver si me voy yo a poner a hablarte de los tipos con maletín y móvil.

—¿Sales con ese tipo de hombres?

—Es a esos hombres a los que les gusto.

—¿Estás segura? —dijo él mirándola burlón.

Julia ya no podía más. Diez años habían sido suficientes. Se levantó y fue hacia Adam.

—¿Podríamos dejar de hablar del pasado y hablar del futuro para variar? —preguntó abrazándolo.

—No se me da bien —murmuró él besándola en la frente.

—Entonces, ¿podríamos pensar en ahora?

—Llevo tanto tiempo diciéndome que no debo tocarte que no sé si esto está...

—Como digas «bien», te tiro al lago —le amenazó.

Adam la acercó a su cuerpo hasta que Julia sintió su necesidad.

—Sí, no me vendría mal un baño frío.

—Si consigo llevarte a un lugar más calentito, tengo otros planes para ti —dijo ella acariciándole la bragueta.

—Aquí se está bien.

—Pero si hace un frío de muerte, Adam.

—¿Seguro? —dijo él mordiéndole el lóbulo de la oreja.

—Sí —contestó ella estremeciéndose.

—Aquí está más caliente —continuó Adam metiendo las manos por debajo de su jersey y tocándole los pechos.

«Dios», pensó Julia.

—No lo hagas si no vas en serio —le advirtió poniéndole de nuevo la mano sobre la bragueta.

—Lo mismo te digo.

—Yo voy en... ah...

Adam la besó con tanta pasión que, cuando terminó, Julia ya no sabía si tenía frío o calor.

—Un buen par de piernas, ¿eh? —le dijo burlona. mientras él le quitaba el sujetador. Al sentir las callosas yemas de sus dedos sobre los pezones, Julia sintió una descarga eléctrica de lo más erótica.

—Tienes unas piernas maravillosas —contestó Adam riéndose mientras ella lo besaba por todas partes.

—A mí me gustan tus pies.

—Pues a mí, tus codos.

—Tu barbilla.

—Tus hombros.

—Por desgracia... —dijo Julia frotándose contra él.

Adam enarcó las cejas.

Julia arrugó el ceño y movió las caderas experimentalmente para ver el grado de su erección.

—... me temo que tienes una nariz demasiado grande. No está proporcionada —concluyó.

—Eso no es mi nariz.

—Ya, pues siento decirte que esos tampoco son mis hombros.

—Ya me había dado cuenta.

—Eres un hombre muy observador.

—¿Lo vamos a hacer? —dijo Adam.

Julia se estremeció. «¿Lo vamos a hacer? ¿Por fin? No me lo puedo creer».

—Escucha —contestó ella.

Ambos escucharon. Silencio. La noche era oscura, fría y tranquila.

—No se oye nada.

—Exacto. Nada nos lo impide —dijo Julia apretándose contra su cuerpo—. ¿Nos vamos al chalé piloto?

—Mi saco de dormir está más cerca —contestó Adam.

—Pero hace mucho... —se interrumpió. «Al infierno. ¿Por qué no?»

—¿Frío?

—Puedo con ello.

—Eso espero.

—Pero te advierto que no me pienso quitar la ropa —le dijo mientras iban hacia el saco. Julia se arrodilló y lo abrió.

—Espera —dijo Adam—. He cambiado de opinión.

—¿Cómo? No, no puedes —dijo ella quitándose las botas y metiéndose en el saco. Hacía frío a pesar de que tenían la hoguera al lado.

—Sobre lo de la ropa —explicó Adam.

—No te preocupes. Todas las partes importantes tienen botones y cremalleras, así que no hace falta que nos desnudemos.

La risa de Adam hizo eco en el lago.

Ven aquí —dijo Julia haciéndole un hueco en el saco.

Adam se arrodilló junto a ella y la besó con pasión.

—Vámonos dentro. Estaremos mejor.

—No —contestó Julia—. Nunca he hecho el amor bajo las estrellas. Será interesante.

—Será helador —dijo Adam acariciándole de nuevo los pechos.

Julia dejó de tener frío ante sus caricias. No le importaba sentir el suelo en la espalda ni que estuvieran tan incómodos en un saco de dormir. Todo daba igual porque estaba con Adam. Por fin.

Era perfecto.

Julia saboreó sus besos y sintió sus caricias en el corazón. Se abrazaron sin dejar de besarse, con las piernas entrelazadas y moviéndose sensualmente.

Al cabo de un rato, Julia gimió frustrada. Estaban tan apretados que era imposible hacer lo que quería. Adam estaba tumbado sobre ella y no podía tocarle donde le apetecía. Consiguió sacar una mano y pasársela por el cuello. En un movimiento rápido, Adam le quitó la chaqueta, la blusa y el sujetador y cubrió sus pechos con su boca concentrándose en los pezones. Julia echó la cabeza hacia atrás y vio las estrellas en éxtasis.

Se apretó contra él y se perdió en la atormentadora presión de sus labios y de su cuerpo. La pasión solo le permitía sentir placer. Estaba como atada, no se podía mover, solo entregarse al deseo y esperar a que sucediera...

Sin dejar de besarle los pechos, Adam consiguió bajarle la cremallera de los pantalones y meter la mano. Julia dio un respingo y sintió fuego dentro de su cuerpo. Adam le retiró las braguitas y comenzó a tocarle la cara interna de los muslos. Julia quería abrir las piernas, pero no podía.

—No puedo —se lamentó.

—Yo, sí —dijo él abriendo el paquete de preservativos con los dientes. Julia consiguió sacar una pierna de los pantalones.

—¿Estás incómoda?

—No, no.

—¿Tienes frío?

—Por lo visto, el roce hace que un cuerpo se mantenga caliente —contestó frotándose contra él y consiguiendo, por fin, meter una mano dentro de su camisa, para acariciarle los abdominales.

Adam se había quitado los vaqueros y Julia siguió bajando la mano hasta llegar a su erección , lo abrazó con una pierna y lo guió dentro de su cuerpo.

Tras un momento de acoplamiento, comenzó a moverse haciéndola gemir su nombre. Adam apoyó los codos cerca de los hombros de Julia y comenzó a moverse cada vez más rápido.

Julia no podía más. Le parecía incluso que hacía calor. Veía la mitad de la cara de Adam en la oscuridad y la mitad iluminada por las llamas. Él la besó justo en el instante en el que su cuerpo llegaba al clímax y Julia sentía una oleada de explosiones de placer.

Se quedó tumbada bajo él, que no paraba de acariciarle el pelo. Siguió besándola y moviéndose en el interior de su cuerpo. Se estremeció, suspiró su nombre y alcanzó también el orgasmo. Julia lo abrazó con fuerza para que no se moviera, para perdurar el momento.

—Gracias —musitó Adam besándole la oreja y el pelo mientras sus manos la acariciaban hasta las caderas.

—Gracias a ti por haberme elegido —sonrió ella.

—Te elegí desde el principio, pero no te podía tener.

Julia sintió el corazón de Adam contra el suyo y se dijo que había merecido esperar tanto tiempo.

—Ha sido estupendo —dijo.

—Yo creo que ha sido perfecto —contestó Adam.

—No hay sábanas —dijo Adam mirando la cama de la casa piloto.

Al final, habían decidido dormir dentro para no pillar una pulmonía.

—Es un chalé piloto. Todo es fachada —contestó Julia—. Me sorprende que haya colchón.

—¿Y quieres que durmamos aquí?

—¿Por qué no? Parece que a ti te gusta hacer las cosas a lo bestia —contestó Julia pasándose los dedos por los labios y los pechos.

Adam sonrió y decidió que, la próxima vez, le haría el amor muy lentamente, deleitándose en cada centímetro de su cuerpo.

Julia se encogió de hombros.

—No es culpa mía que hicieras un mal

trato. Yo más bien diría que fue un reto. ¿De verdad querías desafiar a la muerte o era una farsa para conseguir mi atención?

—Las dos cosas.

—He llegado a pensar si no estarías compinchada con Zack para que recuperara la forma física.

—Yo no soy tan manipuladora como Laurel.

—No, si era para darte las gracias.

—Ah.

—Gracias.

Julia lo abrazó.

Yo no he hecho nada. Ya estabas en muy buena forma. Solo necesitabas una razón para volver a escalar.

—¿Nunca has pensado que, si dejara de escalar, sería más fácil que me quedara en Quimby?

—En mi vida —contestó abrazándolo más fuerte—. Si algún día decidieras dejarlo, me parecería bien, pero yo nunca intentaré convencerte.

—¿No te asusta el peligro?

—Claro que sí.

—¿Entonces...?

Julia lo miró a los ojos.

—Peligro es tu segundo nombre. No serías tú si no te jugaras la vida.

Adam no quería hacerle daño, pero sabía

que era imposible. Se giró y comenzó a pasearse por la habitación. La miró. Era perfecta, real. La quería.

Pero no era suficiente para quedarse en Quimby.

—Sabes que, tarde o temprano, me iré, ¿verdad?

Julia suspiró.

—Sí —contestó sentándose en la cama—. Y supongo que será enseguida. Sé que no ha cambiado nada.

«Ha cambiado todo», pensó Adam. «Maldita sea, no creía que me iba a doler tanto decirle que me voy. ¿Y si le digo que se venga conmigo?» No, aquello sería una locura. Ni siquiera sabía dónde iba. Julia tenía su vida organizada en Quimby.

Era imposible. No iría con él y él no podía quedarse, así que lo único que les quedaba era disfrutar el momento.

La miró e intentó ser valiente. Tal vez, cuando volviera dentro de cinco años, la encontraría casada y con hijos. Casada con un tipo bueno, que la quisiera y la tratara como a una reina. Y ella sería feliz. Seguiría queriéndolo, sí, pero de otra manera porque habría conseguido olvidarse de él.

Podría vivir con ello. ¿Por qué no? Al fin y al cabo, era lo que quería.

Así lo había decidido.

Capítulo Nueve

Julia jadeaba y movía la cabeza de un lado a otro sobre la almohada. Por un instante, Adam creyó que le estaba haciendo daño, pero, cuando abrió los ojos, vio que estaba imbuida de deseo y que quería más.

Así que se introdujo más profundamente en su cuerpo. Julia lo abrazó con las piernas y le clavó las uñas en los hombros.

—Sí —suspiró moviéndose bajo su cuerpo.

Adam no podía pensar, solo reaccionar. Sin experiencia, dejándose llevar solo por los sentimientos.

—¡Sí! —gritó Julia moviéndose a su mismo ritmo frenético.

Julia llegó a la oficina y se encontró sola. No era normal porque tenía una secretaria que iba por las tardes y dos autónomos que iban por su cuenta y que llevaban dos meses sin vender una sola casa.

«Si no estuviera yo aquí...» pensó.

¿Y dónde iba a estar?

Desde luego, con Adam, no.

A no ser que...

Sonrió y se puso a trabajar. Era un buen día. Tenía dos posibles ventas.

Esa misma semana, Adam paró a comprar comida para los dos. Tenía buenas noticias y quería que Julia fuera la primera en saberlas.

Ella se había mostrado encantada ante la idea de su partida. Incluso había cancelado las clases de escalada porque hacía mucho frío.

—Además, te vas a ir pronto, así que ¿para qué vamos a seguir? —le había dicho como si tal cosa.

Adam había pensado que lo decía con pena, pero no, lo había mirado a los ojos y había sonreído. Como si despedirse de él fuera un recado más de la lista.

Lo que era de agradecer, después de la llamada que había recibido aquella mañana. Estaba seguro de que se iba a alegrar por él, pero sabía que, por otra parte, le iba a doler.

Se sentaron a comer las ensaladas que llevó e intentó decírselo veinte veces, pero no se atrevía.

—Me quieres decir algo, ¿verdad? —le preguntó ella.

Adam sonrió. Aquella era Julia. No se le pasaba nada.

—Sí.

—Adelante.

«Vamos allá, sin miedo», se dijo Adam.

—Verás, me han pedido que forme parte de un equipo de corredores de aventuras. Entrenaremos en Colorado durante unos meses antes de la primera carrera.

Julia tardó varios segundos en contestar.

—¿Corredores de aventuras? Ya lo has hecho antes, ¿no? Son esas carreras que duran días y hay que subir y bajar montañas y cruzar selvas y desiertos y…

—Esas. Hay bicicleta, piragua, escalada, natación…

—Y hay que recorrer kilómetros y kilómetros durante días y días.

—Exacto.

—¿Está tu cuerpo en forma? —le preguntó mirándolo a los ojos.

—Lo estará. He mejorado mucho. Ya no necesito el bastón. Al principio, tendré que ir despacio…

—No te lo crees ni tú. Para ti, despacio es hacerte cien kilómetros en bici en dos horas.

—Me cuidaré, Rubia. Te lo prometo.

—A veces, estas carreras llegan a Marruecos o a la Patagonia, ¿verdad? —preguntó Julia bajando la voz.

—Algunas, sí.

Se hizo el silencio.

—Bueno —dijo parpadeando—. Parece

que me ha enseñado a escalar uno de los mejores. No todo el mundo podrá decir eso.

Adam se dio cuenta de que estaba intentando fingir alegría.

—Sabes lo que ha significado para mí estar contigo.

—Claro. Para mí también ha sido importante —murmuró Julia—. ¿Cuándo te vas?

—Muy pronto.

Julia se echó hacia atrás en la silla y se tapó la cara con las manos.

—No te he dado la enhorabuena —dijo—. Felicidades.

Adam no pudo responder.

—Tus compañeros deben de tener mucha fe en ti. Qué orgullo que te hayan elegido después del accidente —sonrió—. Supongo que eso quiere decir que estás completamente recuperado.

Adam carraspeó.

—Lo comprobaré cuando empiece a entrenar. No hay garantías. Me podría hacer daño y me tendrían que sustituir.

—No te ocurrirá.

—Le puede pasar a cualquiera.

A ti, no. Tú eres fuerte.

«Y tú, también».

—No es un adiós para siempre. Nos volveremos a ver. Podrías venir…

Julia levantó la mano para que se callara.

Adam se dio por vencido. Aquello era una despedida y ella lo sabía. Deseó haber pasado más tiempo con ella aunque sabía que no le habría servido de nada. Un día o cien, una semana o un año... no sería suficiente. La necesitaba como el aire que respiraba. Julia era tan importante como sus piernas, sus músculos, sus huesos, su corazón.

«Si me voy, se me partirá el corazón y, si me quedo, se me parará».

Julia echó la cabeza hacia atrás.

—¿Sabes una cosa?

—¿Qué?

—Quiero que me hagas el amor. Ahora y aquí —le dijo.

Adam no se esperaba aquello.

Julia se acercó a él y lo miró fijamente, con los ojos tristes, pero sin dejarse embargar por el dolor.

«Qué mujer tan valiente».

—En la mesa, con los teléfonos sonando y los clientes llamando a la puerta. No me importa. Solo me importas tú. ¿Me harías ese favor?

Adam sintió un calor familiar y un gran deseo de ser su héroe. La tomó en sus brazos con fuerza.

—Te quiero —le dijo.

Julia lo besó con furia y se aferró a su camisa. Adam la sentó en la mesa y ella tiró todo lo que les molestaba al suelo, las ensaladas incluidas.

«No se atreve», pensó Adam.

Entonces, Julia se quitó la blusa, le tomó las manos y se las puso sobre los pechos.

«Sí, sí se atreve», pensó mientras sentía su boca como una gran ola que lo envolvió y se lo tragó.

Al día siguiente, se había ido.

Lo primero que hizo Adam fue ir a su oficina. Se encontró a una mujer de mediana edad que le dijo que Julia había desaparecido sin decir dónde estaba ni cuándo pensaba volver.

—¿Le interesa alguna casa?

—No, solo me interesa Julia —contestó él entre dientes.

Fue a la tienda de Cathy y se la encontró poniendo los adornos de Navidad.

—No creí que fueras tan tonto, Adam.

—¿Por qué dices eso? Le pareció bien que me fuera.

—¿Por qué no le pediste que te acompañara?

—Porque no habría funcionado —contestó confundido—. Julia no habría...

—Sí, claro que habría dicho que sí. Habría ido contigo a Colorado y a Katmandú.

Yo creo que sería capaz de subir el Everest por ti.

—No creo —dijo Adam dando un paso atrás—. ¿Tú crees? ¿Julia? No, ella no es así.

Cathy puso los ojos en blanco.

—¿Por qué la encasillas?

—No la encasillo... ¿Tú crees que la he encasillado?

—Piénsalo. Julia parece una mujer de negocios conservadora, pero ¿acaso se ha comportado así contigo?

Adam la vio vestida de dama de honor en la boda, en la cúpula con el pelo al viento, escalando, repitiendo su mantra y llegando arriba sin darse cuenta, haciendo rapel y riéndose encantada ante la experiencia, en la bañera, en su saco de dormir, haciendo el amor con él en su propio despacho. Sin reservas.

La recordó a los dieciocho años, besándolo y diciéndole que lo deseaba.

Le había dado su confianza, su reputación y su corazón.

Un movimiento arriesgado detrás de otro.

Y él siempre había estado a salvo, nunca se había entregado del todo. Él quería a la perfecta chica de sus sueños y no se había dado cuenta de que ya la tenía, de que Julia era lo que más quería en el mundo.

—¿Dónde está?

—No lo sé —contestó Cathy pero ayer por la noche estuvo en casa hablando con tu hermano.

—¿De qué?

—No lo sé. Se lo vas a tener que preguntar a Zack.

—Hay un cartel de «Se vende» en casa de Julia —le dijo Adam en cuanto encontró a su hermano en el granero que estaba reformando—. No puede hacerlo.

Zack apartó los planos y lo miró tan calmado como siempre.

—¿Acaso hace Julia cosas sin pensar?

«Sí», pensó Adam.

—Tú sabes algo, ¿verdad?

—No sé nada de la venta de la casa.

—Pero sabes algo —insistió Adam.

—Sí. Julia y yo estuvimos hablando un buen rato anoche. Quería asegurarse de que no hubiera malos sentimientos entre nosotros antes de irse.

—Cuéntamelo todo.

—¿Por qué?

—¿Cómo que por qué?

—Pero si te vas a ir otra vez —contestó Zack encogiéndose de hombros—. Te vas y la dejas aquí. ¿Qué te importa cómo esté y lo que haga?

—No, tú también, no, por favor. Claro que

me importa lo que haga. La quiero.

—¿Qué has dicho?

—Que la quiero.

—Pues lo siento, pero no es suficiente.

—¿Entonces?

—No pienso obligarte esta vez.

—Me obligaste a andar.

—Sí, pero tú querías hacerlo.

—¿Crees que no quiero estar con Julia?

—No lo suficiente.

Adam sintió que le quemaba todo el cuerpo. La pérdida de Julia era insufrible.

—No tienes ni idea de cómo me siento.

—Puede que no, pero sé que le dijiste que te ibas y mira.

—¿Tienes que estar siempre tan calmado? —le espetó molesto.

—Tengo costumbre contigo —le contestó su hermano—. ¿Por qué no te olvidas de lo que yo piense y empiezas a pensar en Julia y en ti?

Adam se quedó de piedra.

—¿Eso quiere decir que nos aceptas como pareja?

—Ya lo había aceptado hace tiempo. Quería que estuvierais juntos. No sabía que ya lo habíais estado, claro… he tardado unos días en asumirlo, pero ahora que ya está todo arreglado… no dejes que yo me interponga en tu camino. Ve a buscarla, Adam. Dile que la quieres y que quieres estar con ella.

«Ve a buscarla», repitió Adam mentalmente. Recordó lo que Julia le había dicho junto al fuego. «Podrías haber recurrido a mí por una vez».

Sí, lo iba a hacer. Tal vez, aquella vez pudiera recompensarle por todas las demás en las que se había alejado de ella.

Se acercó a Zack, le dio la mano con fuerza y sintió que el sentimiento de culpa que llevaba tantos años atormentándolo se desvanecía.

—Lo voy a intentar —dijo—, pero no tengo ni idea de dónde está.

—En eso no te puedo ayudar, pero dijo que iba a probarse a sí misma.

Adam volvió corriendo a la tienda de Cathy y consiguió que su cuñada le diera sin pestañear las llaves de casa de Julia.

Entró y la encontró perfectamente limpia y ordenada. Todo estaba en su sitio excepto una maleta. Había vaciado incluso las papeleras. La recorrió en busca de algo que le indicara dónde podía estar, pero no encontró nada.

Miró por los grandes ventanales que daban a la montaña. No, ella no era como él. Era imposible que quisiera escalar los acantilados de Thornhill sola. ¿Probándose a sí misma? ¿Rafting? ¿Puenting? ¿Caída libre? Demasiado frío.

Pensó en meterse en su ordenador. Se giró y vio que una de las butacas no estaba mullida. Muy raro en Julia. Era la que estaba junto al teléfono.

Claro, el teléfono.

Agarró el listín y buscó las agencias de viajes esperando encontrar alguna subrayada. Nada.

Dio al botón de rellamada y le salió Cathy. Le preguntó si sabía a qué agencia de viajes solía ir Julia.

—Claro. En Quimby solo hay una, la de la madre de Gwen. Es tan chismosa como ella, así que no creo que te cueste mucho sacarle información.

Julia sintió que le castañeteaban los dientes y eso que el avión tenía los motores en marcha, pero todavía no habían despegado. Había otras dos personas con ella que iban a saltar y estaban tan nerviosas como ella.

Uno de los monitores se volvió hacia otro.

—¿Qué pasa?

—No lo sé.

—¡Falta uno! —contestó el piloto.

Julia se relajó. No le importaba esperar. Así tendría tiempo de pensar, algo que no había hecho últimamente. ¿Por qué le había parecido que saltar en paracaídas era una buena idea?

Se alegró de no haber desayunado. Mejor sería que despegaran ya, antes de que cambiara de opinión.

Miró por la ventana y vio el edificio de madera de la escuela. Había elegido Bailarines del cielo en Internet porque le había gustado el nombre y porque nunca había estado en California. Había aceptado el primer vuelo que le habían dado, sin comparar precios ni nada parecido a lo que habría hecho la Julia de siempre, y en menos de una hora desde que Adam le había dicho que se iba, se fue ella.

En aquel momento, le había parecido lo más inteligente irse ella primero y no tener que ser la que se quedara en tierra.

Tomó una habitación en un hotel modesto y fue a la escuela. El día anterior había tenido la clase teórica y estaba a punto de tener la práctica.

Sintió mariposas en el estómago. Tragó saliva y vio que se acercaba el último pasajero. No se le veía la cara porque llevaba casco, pero andaba como Adam. Cerró los ojos y recordó que Zack le había dicho que no hacía falta que hiciera aquello para demostrarle nada a su hermano. No había comprendido que lo hacía por sí misma.

Vio que los monitores hablaban con el recién llegado y que había un cambio de planes. El nuevo iba a saltar con ella.

—¿Qué pasa? —le preguntó cuando llegó a su lado. De repente, le vio los ojos y se quedó de piedra—. ¿Adam? No puede ser...

—¡Voy a saltar contigo! —dijo él.

El avión estaba avanzando ya por la pista y el ruido era ensordecedor.

—¿Qué haces aquí? —le dijo agarrándolo del brazo.

—Saltar —repitió él—. ¡Contigo!

—¿Cómo?

El avión despegó y Adam la abrazó.

—He vivido en California. Tengo licencia. Todo va a ir bien. Confía en mí.

Julia no se lo podía creer. Se le ocurrieron mil preguntas. Tener a Adam a su lado en aquellos momentos era lo mejor que le podía pasar.

—Siempre he confiado en ti —dijo apoyando la cabeza en su hombro—. Siempre te he querido —añadió en voz apenas audible.

—Lo sé. Me he dado cuenta de todo.

«¿De todo?», pensó. No era el momento de tener una conversación privada pues tenían que gritar para oírse, así que se conformó con tomarlo de la mano.

En menos de lo que había pensado, alcanzaron la altitud óptima para saltar y la monitora abrió la puerta y comprobó los equipos de todos.

—Vamos —le indicó Adam levantándose—. ¿Estás segura de que lo quieres hacer? No es requisito imprescindible para quererme —añadió al oído.

Julia se estremeció. La idea de echarse atrás era tentadora.

—¡Lo quiero hacer! —contestó sinceramente.

Adam se puso detrás de ella, apretó los arneses y levantó los pulgares para indicarle que todo estaba listo. Julia se puso las gafas y se colocaron detrás de las otra dos parejas. Estaba encantada de sentir a Adam cerca de ella. La experiencia iba a ser maravillosa.

Al ver saltar y desaparecer a la primera pareja, sintió miedo y se aferró a las manos de Adam.

—No te preocupes —le dijo él abrazándola por detrás.

Julia asintió y vio desaparecer a la segunda pareja.

—¿Estás segura?

—Completamente.

Cruzó los brazos sobre el pecho y se acercaron a la puerta. Sintió miedo al poner los pies en el puntal. Se concentró en el inmenso cielo azul que tenían ante ellos. Miró abajo y se le dio la vuelta el estómago.

«Esto es una locura, lo más loco que se me ha ocurrido en la vida. Un millón de dólares por estar tranquilamente en Quimby con los pies en el suelo...»

—¿Lista? —dijo Adam.

Julia levantó los pies como le habían enseñado. Solo la sujetaba el arnés.

Y Adam.

—Lista —gritó. «Por favor, Dios, protégenos».

Y saltaron.

Capítulo Diez

Fue como volar.

Julia sabía que su cuerpo estaba en la cama, con Adam, pero aquello estaba siendo más que físico. Estaba levitando.

Adam, también. Estaba con ella, disfrutando del momento celestial. Se agarraron de las manos, se miraron a los ojos y sonrieron. «Esto va a ser para siempre», pensó Julia. «No vamos a bajar nunca...»

Sintió el suelo bajo sus pies. Definitivamente, el mejor lugar del mundo. Lo habría besado si no hubiera estado tan sucio.

Adam la besó en la boca y ella le acarició la mejilla y se apretó contra él.

—No pienso volver a hacer esto en mi vida —le dijo sentándose en el suelo exhausta.

—¿No te referirás a besarme?

—No, claro que no —rió Julia—. Eso pienso hacerlo todos los días de mi vida —añadió arrepintiéndose al instante. Se iba a creer que le estaba pidiendo que se casara con ella.

—¿Prometido? —le susurró Adam al oído.

—Mientras estemos juntos, sí —contestó ella más prudente.

—Eso me recuerda un chiste de paracaidistas. ¿Te lo cuento?

—Como he sobrevivido, igual me río y todo.

Adam la sentó en su regazo.

—Un novato muy nervioso le pregunta al instructor «¿Cuánto tiempo tendré si no se abre el paracaídas?» y el monitor le contesta «Toda la vida».

—Ja, ja, ja —contestó ella—. Menos mal que no me lo has contado en el avión.

Adam la miró fijamente.

—Parece que te ha gustado saltar.

—Sí, pero no voy a repetir —dijo mirando al cielo.

—No sé si creérmelo. Tienes sangre salvaje. Cuando descubrí dónde estabas, no me lo podía creer.

Julia sonrió.

—¿Cómo lo supiste?

—Muy fácil. Tu agente de viajes es una bocazas —contestó él abrazándola—. Además, me dejaste una buena prueba con Zack.

—No te entiendo.

—¿Por qué dijiste que te tenías que demostrar algo? Yo nunca te he dicho nada parecido, ¿no?

—No —contestó Julia levantándose—. Tenía que demostrarme algo a mí misma.

—¿Qué era?

Julia se rió.

—Me creía con valor de poder hacerlo, pero ahora que lo he hecho, sé que no es necesario que lo vuelva a hacer. No me gustan los riesgos y no tengo por qué ser una persona arriesgada.

—Eso te lo podría haber dicho yo.

—Sin embargo, me gustan las clases de escalada. Puede que, cuando vuelva a Quimby, siga.

—Me parece bien. ¿Y por qué has elegido California?

—Para poderles contar a mis nietos que, una vez, me monté en un avión y me fui a California a saltar en paracaídas.

A tus nietos, ¿eh?

—Sí.

—¿Y el cartel de «Se vende» que hay en tu casa?

Julia se rió.

—¿Qué es esto? ¿Un interrogatorio?

Fueron hacia el aparcamiento.

—La verdad es que ha sido una experiencia maravillosa. Ahora te entenderé un poco mejor cuando estés por ahí con tu nuevo equipo.

—¿Por qué vendes la casa, Julia? —insistió Adam—. Te encanta esa casa.

—Maldita sea —suspiró al llegar al coche. Había llegado el momento de decir la verdad—. Una casa es solo una casa por mucho que te guste. No es nada si no viven en ella las personas a las que quieres.

—¿Quiénes son esas personas? —sonrió Adam.

Vaya, iba a tener que decírselo.

—El hombre... al que quiero —contestó con el corazón a mil por hora—. En otras palabras, tú, Adam. Tú significas mucho más para mí que una casa.

—Eso no explica por qué la vendes —dijo él inalterable.

—¿No te lo imaginas?

Adam le acarició el pelo.

—Muy bien —cedió ella—. Lo de siempre. Si tú no me pedías que fuera contigo, había decidido ofrecerme yo porque prefiero estar en Colorado contigo que en Quimby sin ti.

—Oh, Rubia —dijo él tomándola en brazos y dando vueltas. Al parar, la miró muy serio—. Tienes tu vida en Quimby. No puedo pedirte que vengas conmigo.

—¿No puedes o no te atreves? —lo desafió Julia.

—A ver, a ver, un momento. Te recuerdo que, por una vez, he sido yo quien ha ido detrás de ti y no ha sido a la vuelta de la esquina precisamente. Venir hasta California debería valerme unos puntos extra, ¿no?

Sí, tenía razón.

—Bueno, ¿eso quiere decir lo que espero que quiera decir?

—Quiere decir que te quiero —contestó él abrazándola.

—¿Y? —preguntó Julia sonriendo feliz.

—Significa que estaría encantado de que cometieras la locura de venirte conmigo a Colorado.

—Sí, claro que estoy lo suficientemente loca como para irme contigo.

—Además, quiere decir que... aunque nunca seré un marido normal, me gustaría intentarlo. Quiero casarme contigo, Julia.

—Tonto —dijo ella radiante—. Yo no quiero un marido normal. Te quiero a ti.

—Estás loca —rió Adam.

—Sí, loca de amor.

—¿Te puedo besar ya?

—Una última cosa —dijo Julia sacándose del bolsillo una piedra roja—. No es valiosa, pero representa el día en el que decidí cambiar mi vida. ¿La quieres?

—Sí, gracias —contestó él tomándola.

Julia supo que, en ese momento, estaba abriendo su corazón a su amor, estaba reconociendo su fragilidad y estaba aceptando aquel vínculo tan fuerte que lo unía.

—Esta es para ti —le dijo dándole la piedrecita gris que le había enseñado en la cúpula.

—Creí que se había perdido.

—Volví a buscarla y la encontré.

—¿Estás seguro de que quieres dármela?

—Ahora que te tengo a ti, no la necesito para nada.

—Oh, Adam —dijo cerrando la mano sobre la piedra y pasándole el brazo por el cuello—. ¿Sabes una cosa? Ahora sería un buen momento para besarme.

Se besaron larga y apasionadamente y tuvieron que separarse para tomar aire.

—Va a haber gente en Quimby que diga que nuestro matrimonio no va a durar nada. ¿Tú cuánto le calculas?

Adam la miró con amor.

—Muy fácil, Rubia. Toda la vida.